消寒帖

朱少璋 著

匯智出版

責任編輯：羅國洪
封面設計：陳曦成

書　名： 消寒帖
作　者： 朱少璋
出　版： 匯智出版有限公司
香港九龍尖沙咀赫德道二A
首邦行八樓八〇三室
電話：二三九〇〇六〇五
傳真：二一四二三一六一
網址：http://www.ip.com.hk
發　行： 香港聯合書刊物流有限公司
香港新界大埔汀麗路三十六號
中華商務印刷大廈三字樓
電話：二一五〇二一〇〇
傳真：二四〇七三〇六二
印　刷： 陽光（彩美）印刷有限公司
版　次： 二〇二〇年六月初版
國際書號： 978-988-74436-7-4

目錄

楔子：謝靈運等待果陀

《六臣註文選》選輯謝靈運的〈南樓中望所遲客〉，「遲」字下有夾注「去」字。「遲」字唸去聲那該是動詞，是「等待」之意；唸平聲的話就變成了「遲到」的意思。李善的題解有「所待客未至故作是詩遲待也」的話，互參謝氏原詩「登樓為誰思，臨江遲來客」兩句，「遲來客」不是「遲來的客人」，而是詩人在樓頭等待將要到來的客人。

文人筆底下的等、待、候、盼、望、遲，強調的不外是一絲不帶強求的企慕或牽念，對人對物，莫不如此，應該如此；也實在——只能如此。細味《等待果陀》的名句，忽悟「等待」誠然是過程，卻也往往是結果：「生命本身就是等待，而等待的人永遠不會來。」一九六九年 Samuel Beckett 榮獲諾貝爾文學獎，其創作特色正是「以崇高的藝術表現人類的苦惱」。謝靈運當年在南樓上等待的客人可能就是那位至今還沒出場的 Godot。

上卷

呵手

消寒帖

《The Conquest of Everest》講的是Tenzing Norgay和Edmund Hillary攀登珠峰的壯舉，一九五三年的電影，題材算得上新穎，可惜電影名字用「Conquest」卻開了壞先例。「Conquest」是征服、制服、攻克或駕馭的意思，英文如此措詞我不敢說是否得體，但中文片名不譯作「登峰壯舉」而直譯為「征服珠峰」就甚不妥當。有人登上了珠穆朗瑪峰，用「登上」已十分貼切，倘或不避蛇足，真要說「成功登上」，畢竟喜事一樁贈興無妨，算是語意上的強調或修辭上的羨餘，都可以接受。偏有大手筆要用「征服」，措詞誇張失實，對大自然毫無敬意，分寸盡失。能攀上世界第一高峰肯定絕非易事，但無論如何也不可能等同於征服：一隻螞蟻或一隻虱蚤花盡力氣好不容易爬上了獅子的頭，可以說「了不起」可以說「有志竟成」可以說「成功登上」，若據此說蟻虱征服了獅子，就是亂放厥詞大言不慚。一九九二年上映的《1492: Conquest of Paradise》描述哥倫布的越洋旅程以及到達美洲後與原住民接觸的故事，香港片商神來之筆譯其意不譯其辭，片名「哥倫布傳」既合乎事實又見心思，兩岸卻都直譯作「征服天堂」，連天堂都要征服？既費解又奇怪。

大自然從來就不是人類的敵人，一個人平白無端傻兮兮地卻又語氣認真地大喊要征服大自然大概都屬於被害妄想，若說「征服天堂」就更加是病入膏肓。後唐黃龍大師登峨眉絕頂，仰天長歎：「身到此間，無可言說，惟有放聲慟哭，足以酬之耳。」得道高僧不奢談征服只放聲慟哭，動人處也許不單單在於了悟自然之偉大，更在於深明人之渺小與局限。面對大自然，人們應始終保持誠敬盼待的態度，在被動中寄寓殷切的期待與盼望。尊重大自然、對大自然心存敬畏，是修養是境界，卻與膽量或權力無關。前人風雅，以「亭前垂柳珍重待春風」九字製消寒圖，字皆九畫，雙鉤成幅，由冬至起按日以墨填廓，日填一筆，謂之「寫九」，殷殷等候八十一天後春暖來臨。也有人以「盼封姨飛度紅香音信」九字製圖，亦符九九之數；「封姨」就是傳說中的風神。春風春暖要「待」要「盼」，並非呼之則來揮之則去。《帝京景物略》另記一種圖式，不著一字，亦可消寒：「冬至日人家畫素梅一枝，為瓣八十有一，日染一瓣，瓣盡而九九出，則春深矣，曰九九消寒圖。」日染一瓣是按部就班絕非揠苗助長，八十一筆慢慢地描下將要來臨的春意。我附庸風雅，試擬「重赴城南為看春風面」，字數畫數和句意都「消寒」。都城南莊人面桃花，圖上一點一畫一撇一捺，同樣要按部就班要循序漸進。欲速，不達。

《鏡花緣》說武則天見臘梅開花，自我感覺良好，對號入座，認為是臘梅「特來助興」，高興得不得了，吩咐賞金牌，為梅樹掛紅綾。女皇意猶未盡：「此地臘梅既來伺候，想來園中各花素知朕有愛花之癖，自然也都大放。即刻備輦，朕同公主往群芳圃、上林苑賞花去。」太平公主在旁心知不妙，勸説：「臘梅本係冬花，此時得了雪氣滋潤，所以大放。至別的花卉，開放各有其時，此刻離春令雖近，天氣甚寒，焉能都開呢？」無奈武后堅信百靈相助，認為：「這些花卉小事，安有不遂朕心所欲？即便朕要挽回造化，命他百花齊放，他又焉能違拗！」待得御駕親臨群芳圃，卻是殘冬深寒，花事零落：「莫講賞花，要求賞個青葉也是難的。」武后正感尷尬，偏有小太監上前討好，建議萬歲親下一道開花御旨。武后台階下得咚咚響，頒令：「明朝游上苑，火速報春知。花須連夜發，莫待曉風吹。」伴駕同行的太平公主和上官婉兒都不覺暗笑。以上故事雖屬虛構，但情節內容卻又很能反映現實。故事中的太監與武后，在現實生活中多的是。小太監幫閒媚上，只找機會用甜言蜜語按摩上級的靈魂，上級在自大中得到盲目的支持與縱容，繼而自我無限膨脹，總以為一切事，包括大自然都「安有不遂朕心所欲」。像這些自大自脹的想法，在個人的修養上講是囂張，在權力的位階上講則是昏庸。

楚襄王與宋玉、景差遊於蘭台之宮，風颯然而至，王乃披襟而當之，說：「快哉此風！寡人所與庶人共者邪？」宋玉對曰：「此獨大王之風耳，庶人安得而共之！」宋玉說雄風是帝王獨享之風，表面逢迎媚上卻是話中有話。宋玉跟小太監不同，他在言談間引導楚王注意當權者在崇高位階上所忽略的庶人之風。唐文宗與眾學士聯句，製御句「人皆苦炎熱，我愛夏日長」所表達的是極個人而又特殊的品味。帝王辦公的地點並非戶外，而工作性質也不屬於體力勞動，獨愛漫長夏日真是理所當然。柳公權在現場沒有說穿，續句「薰風自南來，殿閣生微涼」避重就輕，難怪龍顏大悅，認為「詞清意足，不可多得」。我年前就曾寫詩暗諷柳公權媚上：「南薰解附勢，肯向御前留。」御前附勢的到底是風是人，詩教溫柔，就不便直接說明了。翻《東坡詩集注》第二十五卷，〈足柳公權聯句〉的「小引」寫得異常深刻，居士說「柳公權小子與文宗聯句，有美而無箴」，不無道理。柳公權貴為高級知識分子，居然借聯句獻媚。「有美而無箴」，此唐文宗之不及楚襄王，「小子」之不及宋玉也。蘇東坡戲續御句：「一為居所移，苦樂永相忘。願言均此施，清陰分四方。」說的才是客觀事實，假若東坡居士提前在唐文宗時期為官，恐怕也跟他在宋朝的命運一樣：被貶。

風花雪月山川草木日月星辰從來都不是人類藉以展示權力或影響力的對

象，人們卻應該要從中學習謙卑，體認局限。這點謙卑，文人墨客向來珍惜也絕對應該珍惜。大自然尋常代謝花開花落，王維問「寒梅著花未」，在不確定中始終是有商有量的語氣。陸游生怕海棠凋落，連夜向通明殿上青詞綠章，為花陳情，乞借春陰，措詞又深情又得體。嚴蕊說「花落花開自有時，總賴東君主」，「東君」就是借指大自然的力量。大文豪歐陽修面對花飛花飄，亦只能嘆一句「無計留春住」；「無計」，就是深深體會到人的能力總有局限。

朋友趁四月花季到日本臥龍公園，只因是處綠水紅橋，夾道花樹，是賞櫻的好去處。偏偏今年花期姍姍來遲，四月中旬櫻花還未盛開，只見池塘水波自碧，卻未能看到那疊疊層層豐麗的緋紅花影。此情此景，觀花者大都遊興索然。朋友跟公園內的員工閒聊，略及櫻花遲開的遺憾，員工聽了又認真又恭敬地回了一句「不好意思」。按語境而言，那很可能是「不好意思，要讓您失望」的意思。員工沒有令櫻花盛放的權力或特異功能，但他對遊客認真地說「不好意思」卻幾乎就是「萬方有罪，罪在朕躬」的意思，既表示負責又表示謙卑，氣度儼然皇者，令人肅然起敬。也許明年再去一趟吧——重赴城南為看春風面——只是花期實在無法「Conquest」，來年櫻花到底哪幾天五分開？哪幾天滿開？是誰都沒法說得準的。

百衲

二〇〇九年上海舉辦了第一屆「亞洲拼布節」，此後續辦了好幾屆，拼布工藝看來趕得上潮流。拼布過程講究設計講究組合講究心思，成品的圖案式樣千變萬化，難怪得時人歡心。拼布暗合了時下的DIY精神，製作過程不假手於人，拼貼縫合都親力親為。武部妙子老師是日本拼布界的權威，她在《武部妙子拼布禮物》中的布畫作品就拼合了三代的故衣：「我用祖母、母親與自己的舊衣服，縫製了四季布畫。」奇怪是總沒有用上祖父或父親的故衣。男人天天在不同領域拼死拼命，女人則縫縫補補拼拼砌砌；這簡單分工不涉性別歧視而只是各展所長。密密縫的組合湊拼心思每個年代都存在：在燈下引線穿針，年邁的唐朝中古身影正是孟郊詩中的慈母，較年輕的紅樓夢清初倩影卻疑是帶病補裘的晴雯；不管是事實還是虛構都動人。

傳說郭翰遇一仙女，仙女所著的天衣，渾然一體，沒有縫痕。牛嶠《靈怪錄》這則故事誤導後世文人；後人以渾然天成不帶斧鑿痕跡為佳作的審美標準，其實都是妄想。天衣無縫，正如仙女說「天衣本非針線為也」，「非針線為」是「無縫」的前提。自古文人在境界上追求作品「無縫」，但現實上卻不能滿足「非筆墨為」的大前提；對所謂無縫的追求，終成畫餅。與其逃避現實不如面對事實，不要把「有縫」看成是缺點。做衣服寫文章都一樣，斟酌的該是縫得夠好不夠好。

陳曼生製壺有十八式，「百衲」一式銘文為「勿輕短褐，其中有物，傾之活活」，以「短褐」喻砂壺，大概取其僧家氣息，與拼合或補綴都無關。中國傳統上講的「百衲」是把零碎材料拼合在一起的意思，衣被、碑帖、書籍、古琴都可以「百衲」一番。僧衣乃集碎布拼縫而成，故又稱百衲衣；僧衣當然比不上天衣，不止有縫，而且多縫，卻一樣莊嚴。葉鞠裳論拓本，說《化度寺碑》、《醴泉銘》的舊拓本「往往以數殘本合為一本，紙色墨色皆不同」，後人稱這種拼合拓本為「百衲碑」。「百衲碑」固然比不上莊嚴的「百衲衣」，卻又別具一種斷縑零璧的缺陷美，像古璽或封泥印文那崩破蒼茫的邊欄，十分耐看。利用零散不完整的版本湊成一部完整的書，這種書版叫作「百衲本」，這做法算是無可奈何中最有意義又最花心思的編輯手段。清初的宋犖集合了兩種宋版《史記》、三種元版《史記》，綴合成《史記》八十卷「百衲本」。張元濟在商務印書館主持廿四史的匯編工作，用不同版本合編成一套「廿四史」。「百衲本」比不上具缺陷美的「百衲碑」，卻自有鳳毛麟角遺珠滄海的稀珍氣派，也非常耐看耐讀。

原來第一屆拼布藝術世界賽早在上世紀三十年代舉行，翻查資料總找不到由哪一個國家主辦。但在中國，沈兼士正好在此時邀請周作人到輔仁大學演講，當年一名英語系一年級生用心地邊聽邊做筆記。周作人後來把該名學生的筆記校改一遍，交出版社出版，並定名為《中國新文學的源流》。周作人愛才，把全書稿費七百元全部送給這位做筆記的學生。這名英語系的學生就用這筆稿費購買了一套百衲本廿四史，並考上了北大，改為入讀史學系。

李綽《尚書故實》說李勉「取桐孫之精者，雜綴為之，謂之百衲琴」，以桐木片合漆組拼而成的琴就是「百衲琴」，宋代張洎的《賈氏談錄》說李氏這張百衲琴「製度甚古拙，而音韻清越無比」，這張百衲琴既中看又中聽，看來難得。宋代趙希鵠在《洞天清錄集》中談及范連州所斲的百衲琴，卻說是「彈之與尋常低下琴無異」。同樣是拼合桐木而成琴，琴音一者清越一者低下；雲泥之別，大概在於不同的拼合功夫、不同的材料組合。人生的各種際遇也真像「百衲」：東邊日出可以與西邊下雨並列，道是無晴與似是有晴不妨縫合在一起，「人有悲歡離合」一句由人生不能避免的四截碎布拼砌而成，「古道西風瘦馬」聯綴出一片桑榆晚景，「人跡板橋霜」補緝了人生三塊淒冷的斷錦，「黃州惠州儋州」三片風景破絮編裁成平生虛妄的功業；還有雪泥、鴻爪、得意、失意……不同的組合拼出每個不一樣的人生。百衲人生容許選擇，選擇也許有限，可幸組合無限，我從來不相信「否極泰來」、「先苦後甜」或「苦盡甘來」要表達的是因果必然的道理，那該只是百衲人生中的對比組合：對比越鮮明就越好看——當年用七百元買一套百衲本廿四史的年輕人，就是後來的宋史專家、燕園四老之一的鄧廣銘。鄧先生的百衲人生一點都不單調。

民間故老相傳，老人家利用零棉破絮為子孫縫製被褥，成品稱為百衲被或百家被。英美也有類似的傳統，英文「patchwork quilt」顧名可思其義，美語「crazy-quilt」指的其實也是百衲被，卻與瘋狂傻戇無關。Patricia Polacco 名著《家傳寶被》講的正是百衲被溫暖而不狂不戇的故事：「……邀請左鄰右舍共同縫成一條百衲被，好讓大家永遠記得故鄉。」百衲被是溫暖的回憶，蓋得住冷冷寂寂的鄉愁。《晉書》記王獻之齋中夜臥，賊人把室內的東西都拿走。王獻之不慌不忙，沒有反抗，只對賊人說：「青氈我家舊物，可特置之。」王獻之原來也有一條家傳寶被，這破舊青氈也許並非千補百衲，但故物有情總是難以捨割。董橋在〈托爾斯泰的淋病〉中說文章是剪裁史料縫製而成的繡花被子。這些年來個人寫文章正喜歡拼砌些故人往事與古思舊感，說這類作品是「patchwork」頗為貼切，倘說是「crazy-work」，或易惹「瘋狂」的誤會——不知我者但說「湊拼」「堆砌」，無妨；知我者不必多說，但以「百衲」視之，亦無妨。

因法脈傳承不同，黃庭堅在〈書洞山价禪師新豐吟後〉明謂「不喜曹洞言句」，但卻同時又對〈新豐吟〉讚賞不已：「偶味此文，皆吾家日用事，乃知此老人作百衲被，歲久天寒，方知用處。」像洞山禪師筆下的百衲被、像黃庭堅這樣的優秀讀者，每個年代都需要。「古路坦然誰措足，無人解唱還鄉曲」，洞山平平實實的詩偈道得出璨然的人生智慧與清深的宗教境界，連寫百衲文章都跟縫袈裟裁布被一樣平常一樣溫暖：歲久天寒，跟黃庭堅有相同品味的讀者一定體會得到。

莫說相公癡

崇禎五年十二月某夜，張岱在西湖泛舟往湖心亭看雪，十多年後明朝覆亡張岱披髮入山，只剩破床碎几折鼎病琴殘書缺硯為伴，境況蕭條得像一幅頹敗的錦灰堆，但遺民回憶卻依然清晰，憶述當年大雪下的西湖字字句句都無負才子之名：「惟長堤一痕、湖心亭一點、與余舟一芥、舟中人兩三粒而已。」張相公筆下那一痕一點一芥都輕輕淡淡，「粒」字尤為傳神生猛，大有渺滄海一粟的暗示。倘若改用「丸」或「丸子」，就失了入聲短急的意趣……

公元二〇一六年一月二十四日我城天氣大冷，氣溫終日徘徊在零至四度之間。罕有的冷，霜、霰、雹、霙都一下子堆到臉書上來。當局把「冰粒」講成「小冰丸」，有反對人士在臉書上窮追猛打，還追問要不要在「丸」字後面多加個「子」字。山上待雪的人等不到下雪，卻踏上鋪了薄冰的濕滑路面，一段又一段「上山人士被困待救」的圖文報道在手機屏幕上載浮載沉，滑、跌、爬、傷又一下子堆到臉書上來。下午，開始有人呼籲派送衣物食物給露宿者，又有人呼籲翌日所有學校停課；當然有人贊成又有人反對。接着又有人提出當好老闆只需對員工說「明天不用上班」。

一心到山頭賞雪的平民百姓卻居然不無失望地說「不下雪，有點失望」，似乎忘記了那邊廂有露宿者裹着破衣爛布在街頭發抖。我城中人，大概是生活太單調心境太寂寞，自美日兩國傳來的一點降雪預測，就可以在此地掀起一陣熱潮，一下子就可以鬧得如此高興又如此瘋狂。這裏甚麼都不缺，缺的可能正是一點點理智、一點點同理心。

謝道韞才高，把紛紛白雪比喻為因風的柳絮，我城浪漫，憧憬的正是這點優雅意境。關漢卿寫六月下雪卻是把天大的冤案、官場的黑暗跟厄爾尼諾現象拉上文學關係。不管如何，我城倘真的下雪雖屬反常或與冤案無關，卻肯定是茶餘飯後字裏行間的吹牛本錢。如果能親歷其景，在現場抓一把雪粒再拍個照片並上載到臉書上去，日後吹牛的本錢就更充裕了。雪未降，我城中人就連夜挈婦將雛冒着嚴寒登山，計畫為日後的回憶做好保溫、保鮮或防腐的預備。原來，「可愛」和「可笑」雖説詞義大不相同，但要分辨清楚畢竟不容易。行文做句當然易辨，語境可以虛構，總之一者是褒一者是貶，錯不了。生活中的真實個案孰為可愛又孰為可笑實難以歸納得出箇中原則，只能一個個獨立個案作獨立評價。像晉惠帝用反問語氣説飢民「何不食肉糜」，任你如何開脱都一樣「可笑」。唐吉訶德誤把大風車當作巨人，行徑怪誕卻又虛構得非常「可愛」。中文裏頭還有一個「癡」字既迷離又曖昧，近褒則為「可愛」，近貶則為「可笑」，用起來很講究學問，實踐起來就更須講求造詣和修養。

我城中人山頭待雪究竟算雅事還是傻事？是可愛還是可笑？看結果，實在不無狼狽；看動機，倒不能說不良。如果「雪」可以象徵我城的某些理想或個人的某些夢想，結果縱然是窘態百出，但那份待雪的企盼、堅持甚或犧牲，到底值得肯定，也值得尊重。追尋理想或夢想從來就不該單以成敗論英雄，我城中人若能把山頭待雪的那點傻勁轉化為畫夢的第一筆，那一筆無論是一痕一點一芥或一粒都好，這丁點兒「癡」都一定更「可愛」。

……那一夜，張岱擁毳衣、備爐火，到湖心亭看雪，遇上早在亭內鋪氈對坐的人並非逃風避雪衣衫襤褸的露宿者，卻是客居杭州的金陵子弟；二人亭內煮酒還熱情地邀請張岱同飲。回程時舟子說：「莫說相公癡，更有癡似相公者。」當年舟子隨口說的這個「癡」字不經意融進了陶庵的夢憶裏去，近乎「可愛」，亦近乎「風雅」。明朝都亡了，可張相公肯定沒有忘記這點癡：都入清了，看相公在文章開首處不追改以「天聰」紀年，卻仍大書明朝年號；多頑固。

井邊閒話

「來歷」是很重要的。比如說一瓶水、幾支玉米。一瓶水，來自葉小姐八鄉自家的水井；幾支玉米，來自葉小姐八鄉自家的菜田——像這些心意，千禧年代不容易遇得到。聽說這幾天野豬偷吃了不少正待收割的玉米、雨下得太大井水混濁——像這些話題，千禧年代不容易聽得到。

葉小姐家住八鄉，除了種玉米，房子門外還種一大片蓮花，自開自落。路經市區而又合時令的話，葉小姐會給我帶三兩個含蓮子的蓮蓬。鮮吃蓮子甘甜清爽。蓮蓬浮養在清水中，可以放上三四天；滿眼清涼。一次閒聊談到泡茶好水難求，葉小姐問井水算不算好水；原來她從小到大在八鄉喝的都是井水。我說「井水當然不錯呀」。此後，她路經市區的話，都會給我帶一兩瓶井水。黃永玉《永玉六記》說在鄉村生活的人總不明白都市人為何要「交水費」和「買花」。對住在鄉村的人來說，水和花都是天然資源，要花錢購水買花實在不可思議。可幸葉小姐明白都市人在喝水賞花上的種種不幸，還特意為我從老遠的八鄉捎來井水和蓮蓬。

說「井水當然不錯」意思其實是有點曲折的。陸羽《茶經》早有「用山水上，江水中，井水下」的標準，後人以此為用水的金科玉律，到今天還有人堅持「井水下」的說法。我說「井水當然不錯」的意思，卻是指井水比自來水好。可笑那些天天喝自來水的人卻還死硬高唱「井水下」的老調，蘇東坡〈游張山人園〉說「聞道君家好井水，歸軒乞得滿瓶回」，講的是徐州放鶴亭附近的飲鶴泉井。好的井水要「乞」才得滿瓶，可見井水不一定都是下檔的。井水比上也許有所不足，比下卻還是綽綽有餘。清早從井裏第一次汲出來的水叫作「井華」，這趟井水異常清冽，《本草綱目》說「其功極廣」。楊萬里說過「旋汲井華澆睡眼」，大概井華亦有明目之效。《齊民要術》則有以井華釀酒的記錄，《瀕湖集簡方》另有「急以新汲井華水，細細灌之，至蘇乃已」的醒酒法；原來是醉是醒都與井華有關。井水清寒甘冽，柳宗元「汲井漱齒寒」可證。《紅樓夢》第六十四回也有「只以新汲井水將茶連壺浸在盆內，不時更換，取其涼意而已」的話。井水自古以來都是清清脆脆的帶着一脈清寒冷冽。

井水有佳味，井邊則甚有佳趣。孟郊說「波瀾誓不起，妾心古井水」，一句道盡了井不興波、井水凝而不固、動而不流的特點。井水一旦跟「妾心」連上關係，井邊的一切物事就一下子變得滿有情趣。吳裕成寫《中國的井文化》寫得並不算高檔卻有興味，連打井水用的「轆轤」和「桔槔」都談到。蘇東坡的〈留題石經院〉說「欲知深幾許，聽放轆轤聲」深得井情井趣。蘇學士用轆轤轉動時發出的聲音量度井的深度，既合理又合情。蘇曼殊的〈冬日〉詩，有「萬籟盡寥寂，唯聞喧桔橰」之句，詩筆幽幽曲曲譯得出雪萊「And little motion in the air // Except the mill-wheel's sound」的情韻。轆轤是滑車的一種；在一根短圓木上繞以繩索，短圓木可環繞固定軸而轉動。桔橰其實就是槓桿，把一根粗木桿架設於立柱上就可以運作打水。子貢說「鑿木為機，後重前輕，挈水若抽，速如溢湯，其名為橰」，講的正是桔橰。妾心既如古井水，自此轆轤和桔橰也可以用來比喻心情。文天祥〈又賦〉「心似轆轤轉」寫得出亂世忠臣的曲折心事。繆蓮仙〈客途秋恨〉也有「心似轆轤千百轉」的唱詞，講的是落拓書生牽掛情人的綿綿幽恨。林占梅《林鶴山遺稿》中有一首七律說「心似桔橰頻輾轉」，我總疑心句中的「桔橰」應作「轆轤」。桔橰俯仰，轆轤輾轉；兩般心情，同中有異。一者是七上八下，一者是百轉千回。

蘇曼殊在《文學因緣》中編錄了中英對譯的〈采茶詞〉，第十九首有「縱使愁腸似桔槔」之句，講的才真的是采茶人望天打掛、七上八下的不安心情。英人 Mesces 的英譯「But though my bosom rise and fall, like bucket in a well」甚得原詩神理。「bucket in a well」正是忽上忽下，會意組合正好合得成「忐忑」二字。

如此看來井水事小，井邊事大。張祜〈閒居〉詩云「井欄防稚子，盆水試鵝兒」。圍着井口的短牆就是井欄，有了井欄，「井」就不再只是地面上的一個洞。陳曼生製壺有「井欄」一式，顧景舟仿此甚得下略寬上微窄的張力與神髓。陳曼生銘壺十六字「汲井匪深，挈瓶匪小，式飲庶幾，永以為好」鐫刻得出芥子納須彌的境界。井欄有圓有方，望去如小一座矮矮胖胖的石塔或土墩。也許與事實未必相符：有了井欄，才大致上可以把「洞口」構成「井畔」或「井邊」的優美意象。那一年有飛機在沙漠上拋錨，飛行員與同伴小王子卻在沙漠上奇蹟地找到一口井——「我們到達的那口井不像撒哈拉沙漠地帶的井。撒哈拉沙漠地帶的井只是一些簡單的洞，向沙地窪下去。這口井卻很像村裏的井，但是那裏並沒有任何鄉村，於是我相信我在做夢。」

《格林童話》有〈井邊的牧鵝女孩〉，故事中的三公主被國王放逐，女術士收留她，卻要美麗的公主戴上醜陋的「面皮」在日間放鵝。晚上，公主會在井邊卸下醜陋的面皮，並用井水洗臉。故事中的伯爵看見井畔美人，看得入神從樹上掉下來。向來都有讀者誤以為這故事就是〈牧鵝姑娘〉。其實〈牧鵝姑娘〉講的是工於心計的陪嫁女僕出賣公主的故事：公主淪為牧鵝姑娘，而女僕則假扮公主嫁給了王子。德國哥廷根大學的博士生畢業後親吻的銅像是〈牧鵝姑娘〉中的莉瑟公主。一九〇一年建成銅像以來至今已過了一整個世紀，百年來的新科博士偏偏冷落了另一位在井邊換面洗臉的牧鵝女。也許與事實未必相符：牧鵝姑娘一般都貌美。像井邊的三公主、像與女僕掉換了身分的莉瑟、像珍珠慰寂寥的梅妃江采蘋。劉繼卣畫的「牧鵝少女」倒是無名無姓無井不是公主沒有王子，卻甚具少數民族的情韻。畫幅中的姑娘一樣明眸皓齒，紅裙伴群鵝延頸待飼。畫幅鈐蓋的「從生活中來」五字印明白如話，說明不是從井邊來不是從童話中來不是從歷史中來——對都市人來說，井或井水卻只能從童話中來從歷史中來卻絕非從生活中來。葉小姐在千禧年代的八鄉汲井打水大概已不必用上百轉轆轤或忐忑桔槔。香港自禽流感爆發後，放鵝事業每況愈下日見凋零；格林兄弟筆下那井邊的牧鵝女孩恐怕要在最新修訂本中加戴口罩。

葉夢得《避暑錄話》有「凡有井水處，即能歌柳詞」的說法。今天難得井水在案，不妨邊泡茶邊讀柳永的《樂章集》。桌上仿宋瓷天青色茶盞圓圓寬寬的杯口真像井口，瓷盞中茶湯清亮綿柔；倒映其中，杯弓蛇影之間頗得井蛙之趣……飛行員在井邊向小王子說：「這很奇怪，甚麼都準備好了；轆轤、水桶和繩子……」小王子笑了，他「碰碰繩子，玩玩轆轤。而那轆轤輕輕地哼着歌，好像沒風的日子一架古老的測風器微微哼着古調一樣」——如是者邊喝茶邊回憶古調，葉小姐送來的井水要兩天才喝得完。

知魚之樂

《孔子家語》說「與不善人居，如入鮑魚之肆，久而不聞其臭」，句中的「鮑魚」指的是醃魚，有異味。《史記》〈秦始皇本紀〉說秦始皇病死沙丘，趙高等權臣為了暫時穩住局面秘不發喪，但剛好是大暑天，屍體發臭，「乃詔從官令車載一石鮑魚，以亂其臭」；記載中提到的「鮑魚」，正是鹽漬的鹹魚。這類經醃製的魚又稱「藏魚」，成品異香風味獨特。古時販魚販鹽關係密切，近海作業者多以「魚鹽」概稱；《史記》〈貨殖列傳〉說「山東多魚鹽」正好道出山東近海的「貨殖特點」。漁民鹽戶想到在「魚」中加「鹽」是就地取材的生活智慧。

說「久而不聞其臭」和「以亂其臭」，「臭」字都給人負面印象。《史記》以鹹魚之臭與屍臭對舉，尤使人胃口大倒。李賀〈苦晝短〉的「嬴政梓棺費鮑魚」及胡曾〈詠史〉的「鑾輿風過鮑魚腥」用的都是鹹魚典故；異香風味，一樣獨特。且莫說鹹魚的異香未必人人可以接受；時下人飲食講究衛生追求健康，對鹹魚多敬而遠之。這一輩人拒絕鹹魚，失去的恐怕不只是那體會鹹鮮異香的機會，而是失去了一些回憶、一些感受。

夏宇說要「把你的影子加點鹽」、「醃起來」、「風乾」，為的是留待「老的時候」用來「下酒」。這詩題目是「甜蜜的復仇」，但用的卻是「鹽」，看來回憶都是甜的。回想小時候以鹹魚佐餐是因為生活實在清貧。舊居灶上近窗邊處恒常地掛吊着三兩尾乾巴巴的鹹魚。只等到鍋中米飯將熟，把一小截鹹魚放在米飯上，上蓋再蒸一會兒，那股鹹鮮異香正是黃昏炊煙的獨特風味。米飯都隱隱的帶點鹹味，可口極了。那一小截放在米飯面的鹹魚塊是席上珍，夾一點點下飯，幾乎忘了吃的原來是「魚」。用鹽醃魚本來為了防腐，卻意外地醃漬出特殊的風味。個人的記憶也像給鹽醃漬過，往事的面目形象雖有點乾癟又有點模糊，味道不管近甜或帶鹹，用來下飯也好下酒也好，味道，還是挺不錯的。

畫廊店長打電話來說有人寄售一柄孫雪泥畫的成扇，我問畫的是甚麼，店長含含糊糊說「一棵菜、一條鹹魚、幾句詩」。孫雪泥擅畫菜市場小品，日常的柴米油鹽蔬果黍豆都可以入畫。摺扇之為物本來風雅，上繪鹹魚則又土頭土腦；摺扇開處也許錯覺以為扇面是包裹鹹魚的舊報紙。鹹魚「癮」發作連忙跑去看實物；成扇簇新生辣，扇面上繪了一棵菜和一尾魚，魚身淡灰淡白中帶黃，絕非「鹹魚」。細看孫雪泥題跋有「黃花號海魚」之句，證實扇面上繪的是黃花魚。我取笑店長五穀不分。店長從容地說：「差不多啦。黃花出水即死，製鹹魚才是一流呀。」一時被店長說得鹹魚「癮」大作，不由分說買下成扇歸去灶頭供奉。

鹹魚「癮」發作其實往往是「回味」作祟。沒吃過鹹魚的人無法明白那種回味之樂。「回味」靠的是七分想像三分牽掛。梁啟勳《曼殊室戊辰筆記》說梁啟超十歲「應童子試，當時內河輪船未通，赴廣州應府試者輒結伴買一舟，水程三日，同行皆父執。一日舟中共飯，時一人指盤中鹹魚為題，命伯兄吟詩，伯兄應聲曰：『太公垂釣後，膠鬲舉鹽初。』」任公書讀得多看來鹹魚諒也吃得不少，茶餘飯後出口成章連膠鬲賣魚販鹽的典事都能活化使用；又勝在上句以「釣」字暗示「魚」下句以「鹽」字暗示「鹹」。梁啟勳寫這段往事也寫得異香撲鼻：鹹魚白飯故事既平實又真實，既美味又使人回味。周作人在〈日本的衣食住〉中回憶東南水鄉的生活，說「吃的通年不是很鹹的醃菜也是很鹹的醃魚」；看來他也是慣吃鹹魚的老饕。飲冰吃魚無怪任公筆鋒常帶感情，雨苦魚鹹知堂老人竟調配出沖淡平和的味道來；都與回味不無關係。

年前到楊智深先生家中小坐喝老舊岩茶，晚上結伴到深哥相熟的餐館用膳。廚娘嘩啦嘩啦的一味推介甚麼老虎蝦美人魚海上鮮水中月，深哥卻點了一道「煎鹹魚」，我頓時拍手叫好。有一次到楓林小館吃晚飯，本來是為了要看看那幅趙少昂的山水真跡，卻在餐牌上赫然看到久違了的「鹹魚蒸肉餅」，連忙下單，店小二居然問「要馬友還是鰽白？」真沒想到連鹹魚的品種都照顧得這麼周到這麼體貼。那掛在小館壁間的趙少昂山水畫都格外有情有味。

中國羽毛球好手林丹一九九七年隨解放軍到南日島體驗部隊生活。體驗期間羽毛球選手每天要跟部隊官兵一起出操站崗，同吃同住。林丹說吃飯的時候大家左看右看都看不到飯裏有肉。有一次，林丹跟連長、班長幾個人一起吃飯，好不容易看到盤子裏有幾條小鹹魚，林丹夾了兩條放在碗裏，共膳的班長即質問他知不知道甚麼是「看菜吃飯」：「旁邊還坐着連長呢！」可幸鹹魚致癌，淺嘗無妨多吃一定無益。林丹如果靠想像和牽掛學着望梅試着畫餅，一樣可以止渴可以充飢。

《笑林廣記》〈下飯〉說：「二子同餐，問父用何物下飯，父曰：『古人望梅止渴，可將壁上掛的醃魚，望一望吃一口，這就是下飯了。』二子依法行之。忽小者叫云：『阿哥多看了一眼。』」父子三人望一望鹹魚吃一口白飯，下飯都不忘聯想，境界不低。小弟弟投訴哥哥多看了一眼真是投入得不能自拔。父親居然接受投訴，還諷罵大兒子：「鹹殺了他」——罵得也真夠認真、夠忘我、夠幽默。掛在牆壁上的鹹魚可望不可即，父子三人妙語聯珠，這頓飯一定滋味無窮，也叫人回味無窮——廣東俗諺向來傳神：「食得鹹魚抵得渴」；要換成英文的話一定大費周章。有人借用杜魯門（Harry S. Truman）的名句「If you can't stand the heat, get out of the kitchen.」，只是「廚房」比喻流於政治化，「官腔」十足，跟「鹹魚」的在野風味殊不登對。說「It comes with a package」大概貼切——哥哥多看鹹魚一眼當然要「食得鹹魚抵得渴」，縱然是「鹹殺了」，又何妨。

好多年前遊大澳時遇上一個異常頑皮的村童，跳來跳去搗蛋得不得了。閒坐在簷下的老婆婆給吵得不耐煩，順手拿起堆擱在門前的一尾硬梆梆的鹹魚，伸手就用力往頑猴的屁股上打：「嘿！鹹魚蒸肉餅啊！」老婆婆說得極有節奏，說到「蒸」字時特別用上重音，手上的鹹魚正剛好配合「蒸」字「啪」的一聲打在「肉餅」上。可惜今天我老是記不起那尾鹹魚是馬友還是鱠白；但回憶卻總隱約帶着點味道：不甜，像鹽巴。

坐享

《護生畫集》中有一幅題為「休沐」的作品，畫幅上畫一人在草地上洗馬，右上角畫幾筆飄飄楊柳，想是個風和日麗的日子。馬亦肥壯，口角竟隱隱帶點笑意，一洗半生「犬馬之勞」。一個閒適的上午或下午，在陽光下洗馬無論是人是馬都舒泰愉快。可惜畫幅卻題上沈炯的〈老馬詩〉：「昔日從戎陣，流汗幾東西。一日馳千里，三丈拔深泥。渡水頻傷骨，翻霜屢損蹄。勿言年齒暮，尋途尚不迷。」詩意老氣橫秋，好端端的假日氣氛變成了伏櫪老驥的千里自白，殊覺討厭。也許個人生性慵懶，恪守「只要能坐着，就絕不站着」的生活原則，所以讀周作人給廢名的信反而能引起共鳴：「各校班次將悉開齊，功課漸緊，而雙十一過，放假又寥遠，念之悶損。」周作人信亦懶散，對放假寥遠一事，耿耿於懷；筆下天真率直，志不在千里而具見真性真情。

放假不一定甚麼都不做，而是可以做自己喜歡做的事。比如説，我就喜歡在放假時坐着——光是「坐着」就很享受，不必時時刻刻心懷「老馬」大志。如果唱盤那邊飄起幾段地水南音，我是可以坐很久很久的。但網絡上流傳，習慣久坐的人死亡率較不慣久坐者高出百分之六十二。《説文》記錄了「坐」字古文的寫法，居然就是上「死」下「土」，許慎解字孤明獨發，令人驚歎。幸好書中有「坐，止也」的正面解釋，「止」字很能道出「休息」的意思，人生能像五月的黃梅雨，最好，瀟瀟灑灑又停停歇歇。我享受用「坐着」來度假，主要是向我家老貓學習得來的。老貓道行高深，一坐就是半天或大半天，有時向着牆，有時向着窗，卻不一定在觀察甚麼。倦了會換個角度或姿勢，繼續坐。牠有時會閉目養神；貓眼半開半合又微微眨動，像微風中小蝴蝶微顫的翅膀。老貓稍一坐定呼吸就會變得非常沉穩，呼吸時腹部一起一伏，起伏的節奏變得愈來愈悠長、愈來愈緩慢。貓，是挺能享受「坐着」的閒適。陸游養貓卻「慚愧家貧策勳薄，寒無氈坐食無魚」信是詩人別有懷抱的暗示。若真的是「寒無氈坐」，大冷的日子貓還是會主動坐到主人膝上取暖的。

王維說「行到水窮處，坐看雲起時」，由逆境轉入順境，關鍵詞是「坐」。杜牧「停車坐愛楓林晚」的「坐」字雖是「因為」的意思，但讀者聯想到「坐着」也算是靠譜的誤解。張大春在〈坐忘〉中就曾埋怨這個「坐」字一旦到了詩裏「便更撒起賴來」。看來「坐」字早給文人騷客慣壞了，我行我素。其實任何一個字一旦到了詩裏，都會「撒起賴來」；你看「春風又綠江南岸」的「綠」字、「紅杏枝頭春意鬧」的「鬧」字、「雲破月來花弄影」的「弄」字、「獨自怎生得黑」的「黑」字……相較起來，「坐」字，算是規矩多了。安陽師範學院歷史系的劉樸兵老師目光如炬，不由字義入手卻由坐姿入手，發現人教版小學語文課本中多幅描述唐代以前歷史故事的插圖，人物坐姿給誤畫成垂足坐。「在反映唐代以前史實的插圖中，人們的坐姿均應繪為跪坐，畫垂足坐者皆誤」，劉老師說。中國古老傳統以跪坐為正式，還要挺直上半身襟正坐危。這種坐姿真是近乎修煉多於休息；以今度古，看來一點都不容易適應。《高士傳》說管寧「常坐一木榻上，積五十五年未嘗箕踞，榻上當膝皆穿」，句中的「坐」就是跪坐。管寧享年八十有五，大半輩子「未嘗箕踞」，而且連跪坐姿勢都如此講究如此嚴謹，也難怪容不下華歆菜園拾金與廢書出看，一下子就要割席要絕交。說管寧「未嘗箕踞」，「箕踞」指兩腿隨意伸屈或分開，是不禮貌的坐姿。《韓詩外傳》卷九說「孟子妻獨居，踞。孟子入戶視之，白其母曰：『婦無禮，請去之。』」這個「踞」字在語段中若解作踞坐不正的話，大丈夫要休妻也真是何患無辭。幸好孟母婆媳情深又通情達理，反而責備兒子入戶而不先揚聲大有陷人於不義之嫌。看來日本人回家先大喊「ただいま」（我回來了），是合理又合禮的好習慣。古人雖大致視箕踞為傲慢不敬的坐姿，但名士灑脱不羈放浪豪邁又當作別論，箕踞亦可視作大丈夫不拘小節的身體語言；莊子鼓盆而歌的時候，正是這個坐姿。

兩腳相纏盤、雙腳腳掌向天的雙趺盤坐要長期苦練才不至腿麻，單趺盤坐則較易適應。多年前到韓國出席學術會議，蒙柳晟俊老教授宴請，傳統韓宴上人人席地盤坐，甚具古風。柳教授說年輕一輩的韓國人都不習慣盤腿久坐了，老一輩卻還是坐得輕鬆自在；柳教授還示範雙腳掌朝天的雙趺盤坐。飲宴當晚我卻要頻頻離席上廁所暗地裏揉腿捶髀。但入席不久，遠古的血脈總欠流通，盤屈着的雙腿又漸次痠麻起來。對都市人來說，人教版教科書上誤畫的垂足坐卻最受用。平素起居我喜歡垂一足而斜立一膝，這種坐姿有點粗魯卻勝在雙腿伸屈自然。把手同時擱在斜立的膝上，坐得安穩坐得平衡，腿不易麻比較「耐坐」。想不到一九九七年四月《故宮文物月刊》第十五卷第一期李玉岷的〈中國宗教雕塑概述〉說宋代菩薩像也有類似坐姿：「右腳抬放在座上，左足下垂，右手擱置膝上，姿勢舒坦自在，輕鬆閒適。這種作品既不失菩薩的莊重，又富有人世間的生活情感。」對我這個凡夫俗子來說，把這段宗教雕塑的分析文字倒過來理解卻正好是「不失人世間的生活情感，又富有菩薩的莊重」——如此悠悠閒閒地坐上一個下午，道行竟似乎一下子高深起來。

到此一遊

四月份的清明節假期；挈婦將雛，三遊杭州。

三遊杭州的是我，太太算是重遊，兩個孩子卻是初訪。記得中學畢業時我和幾位朋友初訪杭州，西湖十景名氣太大，害得我們在湖邊尋尋覓覓東奔西跑。西湖十景部分有御碑為記，我們都爭取在御碑前拍照留念，算是「到此一遊」。幾年前因要取道杭州赴富陽出席學術會議，特意早到一天，獨個兒重遊西湖。重遊西湖，不再跑景點了，只自由輕鬆地在白堤、蘇堤上閒逛。過孤山卻總惦念着曼殊的墓塔，終於還是忍不住要到墓塔前「到此一遊」。那天到樓外樓吃午飯，卻不為慕名，只因為肚子餓的時候恰巧經過。

清明節翌日杭州細雨紛紛，我們一家四口打車到雷峰塔。司機大哥一邊開車一邊說：「雷峰塔，沒甚麼好看。」我笑說：「孩子第一次來杭州，都看看吧。」司機大哥不服氣，帶點兒怒氣地說：「是假的，這個雷峰塔是假的！」是的，雷峰塔原塔早已倒塌，現在坐落在蘇堤旁的雷峰塔，只是重建的另一個同名建築物。魯迅在一九二五年的《語絲》曾發表過文章談傾圮的雷峰塔，文章只是借題發揮，談的其實是民族劣根性。魯迅在〈再論雷峰塔的倒掉〉中說中國人有「十景病」，地方名勝往往穿鑿成「十景」，硬湊也好附會也好，總要拼湊成「十景」才滿意。魯迅下筆痛快入木三分。景點的設計者害「十景病」，旅遊人士又何嘗沒有這種「十景」情意結。

我也得承認，雷峰假塔實在是「沒甚麼好看」。我不喜歡塔前啟功的題字，更討厭那長長的扶手電梯……只是，孩子心中的白蛇傳說總得有個具體歸宿。更何況，當你不肯定孩子還有沒有機會重遊杭州的時候，你就會把

「沒甚麼好看」的超前結論暫時挪開，讓孩子趁這可能是唯一的一次機會「到此一遊」。有豐富旅遊經驗的人都反對「到此一遊」。我倒不太反對，但卻希望可以嘗試擺脫。這次三訪杭州，我希望不看斷橋殘雪不看花港觀魚不看曲院風荷，只希望換個角度看空濛的山色看瀲灩的水光。可是，能夠擺脫「到此一遊」是境界，要修煉還要講慧根講悟性講機緣。孩子都滿懷期望地要「到此一遊」，跟初訪杭州的孩子說境界那真是不契機又不契理的野狐禪。小天行還殷切地嚷着一定要去岳墳，因為他讀過節錄並改編自《宋史》的〈岳飛之少年時代〉。他還從老師口中知道岳墳前有秦檜夫婦的白鐵跪像……如此這般又如此這般，確是有必要「到此一遊」的了。還有，東坡肉、宋嫂魚、老鴨湯、貓耳朵……都是杭幫菜中的明星，初到杭州也實在不能不在「吃」這回事上「到此一遊」。人生總要有若干「到此一遊」的經驗——最少一次。對孩子奢談旅遊境界會否等同剝削他們的某些權利？很難說。

人生也真像西湖，可以濃妝可以淡抹、時而晴方好時而雨亦奇，沿途風景真是看之不盡，令人目不暇給。年少的時候也許都會滿懷憧憬地趕赴幾個人生湖邊上的著名景點：學位、婚姻、名譽、事業……人生景區的地圖上都繪寫得清清楚楚，路線雖有點迂迴卻又引人入勝。加上「十景」情意結作祟，初到人生西湖的遊客，誰願輕輕放過「到此一遊」的機會？只因為，誰都不能肯定還有沒有重遊的機會。說堅持「到此一遊」是執迷不悟，都對；說堅持「到此一遊」是把握機會，也不算錯。當然，學位過時、婚姻破裂、名譽掃地、事業無成……有了這許許多多的經歷，你就會參悟得到司機大哥講的道理——原來，這樣的所謂人生景點，真的像雷峰假塔一樣「沒甚麼好看」。只是，像司機大哥的境界並非一朝一夕可以達到。當你親身經歷、當你豁然明白一切之後，你才會自笑當年少不更事。如果為時未晚，你會開始拒絕參與碩士博士的學位遊戲，你會開始重新思考婚姻的意義，你會開始否定名譽的虛無價值，你會開始看輕事業上職位的或高或低……人生的西湖原來還有更美麗更真實的晴雨風景，早年是錯過了，如今要深切地一一領會。蘇東坡看得開也看得破，論及「平生功業」，居士只說「黃州惠州儋州」，講的盡是人生風景而不再是那些「到此一遊」的十景名勝，境界殊高。可惜，蘇東坡經此妙悟之後，不久便與世長辭。

人生，如果只有自己一個，事情就簡單直接易辨得多。像「到此一遊」這回吃力而不討好的傻事，對我這樣一個年過半百的男人來說，起碼要做兩次。一次是為了自己，另一次，可能是為了同行的家人。我對司機大哥說「孩子第一次來，都看看吧」，我認為這已是對一個陌生人透露了個人最私密的隱衷，也提供了最充分的論據。可是司機大哥境界雖高卻得道不饒人，硬要當面說出雷峰假塔的事實。他也許不明白，人要活得有境界，先要有具體切實的血肉經歷。我們應該容讓未有經歷的人嘗試經歷，這「容讓」並不偉大，也不一定完全正確，還帶點兒冒險，但卻必要。石順義化用袁枚《續新齊諧》中五台山禪師的故事譜寫新歌〈女人是老虎〉，歌手李娜腔調清麗又唱得調皮活潑，聽了讓人回心微笑：

小和尚下山去化齋，老和尚有交代：「山下的女人是老虎，遇見了千萬要躲開！」走過了一村又一寨，小和尚暗思揣：「為甚麼老虎不吃人，模樣還挺可愛？」老和尚悄悄告徒弟：「這樣的老虎最呀最厲害！」小和尚嚇得趕緊跑，「師傅呀呀呀呀呀，壞壞壞，老虎已闖進我的心裏來、心裏來！」

李娜在一九九三年灌錄這首歌，四年後卻真的在五台山出家為尼，法號「昌聖」。故事中的老和尚參透色空境界真高，小和尚企慕儔侶也實在是人之常情。老和尚能把女色看成是吃人猛虎相信絕非生而具備的特異功能。夕陽西下，老和尚在禪房內將入涅槃之際，忽然回想起年輕時在某村某寨遇上「老虎」的旖旎往事。老和尚在當年邂逅「老虎」的那個地方——興許不是張秋鎮上的景陽崗吧！是許仙白素貞相遇又相分的斷橋嗎？是梁山伯祝英台十八相送的長橋嗎？是蘇小小油壁車鮑仁青驄馬經過的西泠橋嗎？結習未忘，阿賴耶識不散不滅——老和尚今生做不成和尚，卻在人生的湖邊上半帶踉蹌地唸了幾個學位、娶一妻育兩子、並寂寂無聞地為教育當司機開車開了三十多年。學位婚姻名譽事業幾個著名景點我都曾「到此一遊」，千帆過盡又閱人多矣；但我總堅持：學生或兒子搭乘我開的車要趕赴人生西湖上任何一個景點「到此一遊」，我都尊重——縱然心底裏並不完全同意。

面對我的學生，就如面對五台山上的小和尚，也正如面對我的兒子一樣；類似「沒甚麼好看」的話絕不輕易說出口。至於面對妻子，則如面對老虎一樣；類似「女人是老虎」的話就更加不能當面亂說——因為，到了今生今世的此時此刻，我還沒弄清楚「女人是老虎」這回事到底是真是假。

瘋堂瘋景

鏡海長虹、三巴聖跡、媽閣紫煙、盧園探勝、普濟尋幽、龍環葡韻、燈塔松濤及黑沙踏浪，是著名的「澳門八景」。「瘋堂瘋景」，應列為第九個景點。

談到澳門，長情而懷舊的遊客一定會率先想到「三巴聖跡」。「大三巴牌坊」確負盛名，聖保祿學院附屬教堂的前壁，是一八三五年火災後教堂留給後人的最後莊嚴。個人總相信：最終能剩下來的，就是價值。可不是嗎？「大三巴」簡直是遊客必到的朝聖地，時時刻刻都人潮洶湧。其實，距牌坊約十分鐘腳程的園區內，同樣可以找到一點點剩下來的價值——剩下來的那一點「瘋」，引人入勝。

幾年前因文集的插畫事宜跟澳門畫家亞正聯絡，函電交馳間才依稀憶起澳門有個叫「瘋堂」的地方：早在二〇〇五年讀鍾偉民談澳門的專欄已特別留意文中「瘋堂」兩字，覺得別致有趣。二〇一七年九月鍾偉民與劉天賜在澳門主講「文化有飯開」，活動地點正是「瘋堂十號」。「瘋堂」其實是辣撒祿痲瘋病院為病人特設的一座小教堂，原名「聖辣撒祿堂」，老百姓求口頭順溜叫得地道，都喚「瘋堂」；那已是十六世紀的往事了。命名一般避用負面或不雅字詞，香港人尤其介意跟字詞相關的否泰朕兆，不止數字上貪三怕四，就連舊區名喚「老虎岩」都嫌煞氣大，新區重置後已易名「樂富」，堂堂虎威自此煙消雲散。從來彩頭容易得，品味最難求，讀《後漢書》〈蔡邕列傳〉就知道古人在事涉品味的舉措上都非常小心。「吳人有燒桐以爨者，邕聞火烈之聲，知其良木，因請而裁為琴」，蔡邕在爐灶內搶救得來的桐木因曾遭火燒，斲木成琴末端猶有焦痕，特徵明顯，時人亦不為名琴諱飾缺陷，直呼為「焦尾琴」。「焦尾」恐或失諸不夠優雅，卻勝在寫實率真，若諱稱「招美」或「嬌偉」，諧音換字無論是粵是普，都顯得虛偽惡俗。猶幸濠江文化在「瘋」字的取捨考慮上不拘吉凶小節，保留包容，讓這一點「瘋」得以世代相傳，成為澳門半島中部文創區的點睛之筆。

　　事實上，今天的「瘋堂」已然脫盡慢性傳染病的奄奄氣息，反而讓人偏義地覺得那點「瘋」指的該是精神上或個性上的疏狂或放浪，遠觀像竹林七賢，近睹像揚州八怪——雖是刻意地誤把「痲瘋」作「瘋狂」，解釋曲折亦不無牽強，肯定是誤會一場，卻都美麗。用以推廣文化藝術及展示創意成果的「創意園」二〇〇八年在澳門落成，自此瘋堂與文藝才得以在小小的望德堂園區內萍水相逢。命名上毫無創意的「創意園」實在比不上別具歷史深度而又性格鮮明的「瘋堂」。柏楊在〈五談《中國人史綱》〉中說「有頭腦的人物，往往都有一個綽號，而任何綽號都是嚴正的，嚴正得把該傢伙的性格特徵，提煉出來」；果然，若說「創意園」那傢伙綽號是「瘋堂十號」，性格特徵真的一下子都給提煉出來了。文藝創作都應帶點「瘋」才有意思，廟堂標準往往太莊重太規範太正常，容易流於平凡呆板。「失常」則有利於突破固有的禁囿樊籬。文藝創作總需要一點點叛逆精神，像張旭紙上驚蛇入草，像齊璜腕下昆刀切玉，都極具「失常」的藝術效果。

「瘋堂十號」其實是「瘋堂斜巷十號」，而橫街與斜巷，最能展示小城幽恬簡約與閒淡自適的真實風貌。更何況，瘋堂斜巷附近古舊建築物儘多，或紅或白或黃，窗櫺玲瓏線條分明，屋子外牆上的框線鬆得格外平直整齊，精緻的老屋總疑是由積木拼搭而成，都不巍峨，卻有序地給擺放在街巷的兩旁，在柔和的陽光下透釋出陣陣來自微縮童話國度的意趣。南歐式老屋的窗戶都大，房子的中高層間或有一小爿微向外探的淺窄陽台，無論是推窗或憑欄，遠眺時思想不妨帶一點點「瘋」，地中海或大西洋彷彿就在眼前。堂區內古舊而典型的葡式建築既多，慕名而至的遊人也一天多似一天。天晴的日子那小碎石鋪成的街道上總有一批又一批拿着手機自拍的人，更每有貪圖瘋堂區內歐陸情調的新人，靚妝麗服，儷影雙雙，權將道旁一列列的各色小房子當作婚照的通景屏風，男男女女又熱情又盡情又帶點「瘋」，在鏡頭前牽手、凝視、依偎、擁抱或親吻。不遠處，斜巷八號水井旁兩棵樟樹枝葉扶疏厮守百年，「樹猶如此，人何以堪」，堂區內一切山盟海誓都因這雙老樹而變得異常認真，也異常可信。位於斜巷七號的藝舍由世紀老屋改建而成，名喚「大瘋堂」，是展覽以及舉辦文藝活動的地方。「大瘋堂」與張大千先生的齋號「大風堂」同音而近貌，但在這兒遇見的也許不會是穿長袍拄木杖的長髯老者，卻可能是一位頭髮帶點衝冠狂亂外貌疑似物理學家愛因斯坦的藝術家，在藝舍靠窗的角落握管凝思，似試圖用毛筆水墨為梵谷的自畫像 Self-Portrait with Bandaged Ear 補上耳朵。

「瘋」是一種魅力，並不可怕，而「瘋」更是神秘且崇高的境界。《紅樓夢》第一回那個「瘋狂落拓，麻鞋鶉衣」的跛足道人，道行就高深得非常詭異，開腔唱〈好了歌〉幾段大同小異的唱詞無情而有理地把人生中的功名金銀嬌妻兒孫唱個透透徹徹，句句色空參透智者之言，誰說「瘋」就一定是精神病？清初學者畢世濟性格半瘋不癲，王培荀在《鄉園憶舊錄》說他「見俗客瞪目視不語，人目為瘋子」，畢氏的理由是「不瘋不能避俗」。是的，我國向來就有「以瘋抗俗」的文化傳統，灌夫罵座、郝隆曬書、洪喬誤郵以及阮籍白眼，類似個案每個朝代都有，例子不勝枚舉。當然，「全瘋」畢竟極端，「半瘋」似乎較好。傳統京劇《大劈棺》搬演莊子試妻的故事，靈堂上那位通靈而逗趣的紙紮冥童名叫「二百五」，一說古時銀錠的計算單位以五百両為「一封」，「二百五」就是「半封」，暗示「半瘋」——解釋曲折亦不無牽強，可幸有趣。

如此看來，一個國家、一個地區、一門藝術，甚或一個人，能帶一點「瘋」，才稱得上可愛。當然，那大前提是，一個國家、一個地區、一門藝術，甚或一個人，要先有容納接受及理解欣賞那一點「瘋」的雅量與識力，方能成事。

＊本文榮獲第十二屆「澳門文學獎」散文公開組優異獎。

台北日與夜

還是決定上午先去野柳。

盛暑行程安排，總希望避得過中午那趟又熱又毒的太陽。十時許到達野柳，已是人山人海，停車場都停滿了大大小小的旅遊車，遊人絡繹不絕又興致勃勃，只因野柳的奇石引人入勝。野柳是大屯山脈探入海中的岬角，波浪侵蝕加上風沙磨刮，岬角上各色石貌奇形怪狀，是世界聞名的海蝕奇觀。說到野柳的奇石，當首推「女王頭」，找得對角度的話，可以看到奇石像一個人的側面，簡單的輪廓容得下遊人豐富的想像。石頂螺尖而敧側，正是聯想中的高髻雲鬢。女王的頸脖是芭蕾舞舞者修長而有力的項背，接地而上，線條流暢而優美。當然，這一切都需要想像的加工，「宛如凝視遠方的女王」是一般旅遊指南上的陳腔介紹，遊人先入為主，想像一旦墮入窠臼，自然不容易自拔。

個人問題，很不喜歡繫在「野柳」後面的「地質公園」，說「野柳」又開放又浪漫，說「地質」顯得學究，說「公園」顯得幼稚。野柳瀕海，風大，遊人都按着帽子抓緊洋傘。「九天閶闔開宮殿，萬國衣冠拜冕旒」，前來覲見女王的遊人在御前排大隊，一個接一個在保護女王的圍欄區前拍照留念。這個角度也真好，強猛的海風吹來，女王的髮髻就好像迎風微動，臉龐微微上仰，對前來朝見的遊人不屑一顧。

聽說女王幼長的頸部因長期受風化侵蝕，估計約不到十五年便會折斷。折頸斷頭事涉興亡聯想一時間大家都認真起來，台灣當局為此收集民意，看民意是傾向復修還是傾向任其自然死亡，至今似乎尚無定論。只是趕到野柳向女王作最後瞻仰的人一天多似一天，珍惜目前的行動反而具體地表達了主流的民意。

打從第一個人把奇形蕈狀岩說成是「女王頭」開始，野柳的女權王朝就被動地誕生，這半虛構的王朝國祚將如何延續下去？當局也為此而另作打算，在野柳奇石區找另一塊與女王頭石型相似的蕈狀岩，並定名為「俏皮公主」——王氣黯然，可「俏皮」二字永遠年輕，抵得住似水流年。小公主繼承的不是王權霸業而是旅遊觀光使命，野柳的公主縱然俏皮，卻注定要在野柳終老，倘一旦遠嫁，野柳就沒有主人了。

人們既然想得出「女王頭」又想得出「俏皮公主」，且不妨再看看野柳範圍內有沒有酷肖英偉少年的奇形石塊，好讓小公主招為駙馬，再循着傳統童話的濫調發展下去，故事的結局將會是「自此而後，公主和駙馬快快樂樂地在野柳生活」。想像一旦墮入窠臼，就不容易自拔——像「宛如凝視遠方的女王」，野柳的奇岩怪石大抵逃不過登基與冊封的宿命。

時近午正，抬頭一望，天青日白，不遠處一大片浮雲經強風與水氣的模塑，竟然酷似另一位高高在上「宛如凝視遠方的女王」！可是，浮雲不一會兒就變成了棉絮、變成了碎冰塊、變成了白紙片，生生世世都不落帝王之家。遊人在野柳的奇石區指點江山自然無暇仰觀這一霎風起與雲變，但長期凝望遠方的野柳女王卻應該看得到。公主俏皮，年紀尚輕，倒未必能悟得出白衣蒼狗的人生道理。

台北夜市特多，士林、基隆、板橋、華西街、樂華、饒河，各夜市入夜後燈亮如晝，賣日用品、首飾、土產以及地道小吃，平民化消費，當地人或外地遊客都來逛。饒河夜市就在饒河街，首尾都有牌樓為記。饒河街全長約五百公尺，街心一列臨時建搭的檔攤把街道中分，兩旁的觀光路線平行地一來一回，直來直往，遊人都有默契地靠右走。夜市燈火通明卻把人照得更倦，畢竟已經過一天的勞頓，因為工作也好因為旅遊也好，步伐都有點沉重了。

尋常夜市可以滿足閒人打發時間的需要，更況夜市總有一兩個消費亮點滿足遊客尋寶的心理，像饒河夜市慈祐宮前的胡椒餅，檔攤前夜夜大排長龍，遊客也不為果腹，但有了明確的搜尋目標，到此一遊也就不至於太無聊。不同地區的夜市其實都差不多，以售賣「地道」作為標榜，以平民市井氣氛招徠，只要能讓遊人聚在一起並擁擁擠擠，時光就容易打發了。

蘇東坡在元豐六年十月十二日晚上百無聊賴，到承天寺找張懷民到庭下同看月色，還慨嘆「但少閒人如吾兩人耳」。居士別有懷抱，兩個北宋閒人晚上結伴不逛夜市，賞月卻越賞越淒清，越看越寂寞。簡媜說寂寞是一隻蚊子，對極了，當很多隻蚊子聚在一起的時候，夜蚊成雷，像鬧人特多的饒河夜市，寂寞一旦堆疊累加厚積到一定程度，原來就是所謂的「熱鬧」。誰在這場「熱鬧」中還感到「寂寞」的都算是「莫名」。怕熱鬧，說到底就是怕莫名的寂寞。從來寂寞傷人，「千家笑語漏遲遲，憂患潛從物外知」，黃仲則悄立市橋看星成月，那一份莫名的寂寞既來自「千家笑語」，也來自乾隆三十八年的盛世；十年後詩人就與世長辭了。

台北市的幾個著名夜市夜夜人山人海，聚集了一群又一群閒逛夜市的人。「逛」字是扁舟載狂客，扁舟任其所之狂客放浪不羈。蘇東坡張懷民也在饒河街牌樓前買個胡椒餅邊吃邊走你說多寫意，黃仲則一邊吟詩一邊吃陳董的藥燉排骨，身體健康些大概不致於英年早逝。說甚麼「何夜無月」又說甚麼「一星如月」，這夜正好無星無月，在擁擠的夜市中抬頭望天的人一個也沒有。

一鈎新月天如水

豐子愷首幅公開發表的畫作是〈人散後，一鈎新月天如水〉。鄭振鐸說這畫「雖然是疏朗的幾筆墨痕，畫着一道捲起的蘆簾，一個放在廊邊的小桌，桌上是一把壺，幾個杯，天上是一鈎新月」，令人「感到一種說不出的美感」。捲起的蘆簾外一片夜空如水，一彎新月如鈎；難怪動人。畫幅中的那把壺卻不知是酒壺還是茶壺。

朱澤偉造的紫砂壺以泥料講究著稱。他把泥煉得均勻細緻，實用而泡茶效果佳。朱澤偉堂號「品泥」是對泥料重視的反映。他堅持將大自然的一些礦物保存下來，並認為這是一種責任。經他採煉的天青泥是一種優質的紫泥，燒成後呈豬肝色。用這種泥料製的壺能提升水質，泡茶效果很不俗。

老吳處陳列的一把天青「仿鼓」索價不菲且容量太大，日常泡茶用不着。反而老吳自己用來泡茶款客的那一把大小恰到好處。老吳笑一笑微微點頭，這把天青就歸了我。朱澤偉另一把川埠鄉小煤窯鵝黃朱泥壺壺款取名「新月」。砂壺用一千一百二十五度窯溫燒成燒得實在通透光潤、泥色匀細。壺的底款鐫刻「新月」及「乙丑年夏月作」，另鈐「朱澤偉」圖章。這把壺在《宜興紫砂礦料》中有著錄，看圖錄才知未入窯的壺坯確是鵝黃色的，像帶微黃的奶油蛋漿糰。燒成後卻變成了通體鮮艷橘紅，且微現縠紋，看起來緊緻中帶從容、光滑中微覺厚重；留得住目光。

張岱說上好的紫砂壺「直躋商彝周鼎之列而毫無慚色」。商彝周鼎是國之重寶，砂壺陶器是文玩清品；商彝盛酒周鼎煮肉都不見得有多風雅，反而砂壺泡茶卻別具清雅韻味；況砂壺陶器本來易碎，更顯嬌貴。陸文夫當年在冷攤上用八毛錢買回來的焐灰魚化龍砂壺是家中常用的茶壺，也成了小孩子的「玩具」。九十年代徐秀棠到陸家作客，一看這把壺的造工、泥料和款識，就認得出是清末民初製壺名家俞國良的作品。陸文夫回想這段奇遇時說「窮書生也有好運氣，可入《聊齋誌異》」，讀者在話中看得出文人書生那點點得意之情。只是這則得壺記趣若真的寫入《聊齋誌異》卻是無鬼無妖未必合適，過錄到《世說新語》也許更為妥當。案頭這把朱泥「新月」實在也體現了「窮書生也有好運氣」：先是拜託老吳幫忙，老吳熱情，急人之所急，趁訪遊宜興時到朱澤偉家中作客，在談天時轉述了我求壺的心意。朱澤偉想了一想交下這把「新月」。老吳連忙收好帶回深圳，約我交收。這把壺卻原來是朱澤偉私藏中最滿意的一把朱泥壺，是留着用來展覽的；當晚也許是喝了點酒又大概是記錯了又或者是一時大意更可能是成人之美，讓老吳拿走了。不久朱澤偉帶着個人的得意作品南下廣州參展，就是差這一把朱泥新月，最後還得由老吳居中安排，託人到香港向我借展。朱澤偉到香港時我們一見面就笑談這段不必列入「聊齋」卻可以過錄到「世說」的新月因緣。我說：「朱老師，要了您這把壺不好意思！」他微笑着說：「要講緣份，您也是朱老師，這把壺可能真的與您有緣。」

陸文夫用八毛錢撿漏撿得一把清代名家砂壺，講的又何嘗不是「緣」。徐秀棠在九十年代到陸家作客到底也是「緣」。一件有價值的東西在世間流轉，像藏書一樣「容易歸他又叛他」。也真虧大哲學家羅素想得出用地球和火星之間有一把茶壺以橢圓形軌道繞太陽公轉的有趣假設來說明「傳統有多強，信仰就有多深」的道理——我就是堅信從來易醒的都是好夢：聚散離合得失憂樂看似無常，其實合該如此、也理應如此。鄭重說已收藏六把曼生壺的唐雲一九七九年在亞明家中巧遇一把用來裝醬油的曼生壺。未知亞明是否也只花八毛錢買回來，但用曼生壺裝醬油做菜一定別具滋味。那天合該有事壺嘴堵塞，唐雲幫忙通理壺嘴時赫然看到「阿曼陀室」的底款。這把壺有了裝醬油的經歷，灶下婢日後移玉到唐雲的大石齋去；一場奇逢後人津津樂道，一段奇遇重讀都津津有味。

陸文夫在〈得壺記趣〉中說知道八毛錢茶壺的來歷後，「高興了一陣之後又有點犯愁了，我今後還用不用這把龍壺來飲茶呢，萬一在沏茶、倒水、擦洗之際失手打碎這傳世的珍品，豈不可惜」。類似的矛盾心思，不少紫砂壺愛好者都會有。我卻狠下心腸堅持「藏壺不用等如無」的原則，上好的砂壺反而天天都得用上。中國文化中因為怕「失手打碎」而僅供人們隔着玻璃罩觀賞的東西實在太多了，能在日常生活中「沏茶、倒水、擦洗」的傳世珍品真是少之又少。砂壺閒擱着而不用，容易變成遭貶謫的柳宗元蘇東坡——當然，看得豁達些，像柳宗元謫居永州柳州，像蘇東坡官貶惠州黃州，也是緣份一場；才人落拓始終不掩大才。端木賜有安邦之能，孔夫子說他像宗廟裏盛黍稷的「瑚璉」。如果說蘇東坡像一把茶壺實在也貼切：茶壺壺腹圓圓地鼓起，朝雲聰慧善解人意，曾指着東坡居士的大肚子說「學士一肚皮不入時宜」。沈三白浮生若夢閨房可以記樂閒情可以記趣坎坷可以記愁浪游可以記快；書生玩物養志，亦何妨得壺記趣失壺記恨，玉碎或瓦全都學八大山人時而哭之時而笑之。

豐子愷〈人散後，一鉤新月天如水〉上那一彎月，已有細心的讀者發現不是「新月」而是「殘月」。新月如眉殘月如弓；中國在北半球，月亮凸出而發光的一面朝向右方的是新月，凸出而發光的一面朝向左方的是殘月。話雖如此但畫幅意境畢竟動人優美，就在想像中把豐子愷筆下這一席杯盤移置南半球去吧。湯鳴皋憶述潘春芳為唐雲的古舊砂壺配蓋的往事：潘春芳親自把配好的壺蓋送到大石齋，唐雲非常滿意非常高興，潘春芳總嫌新配的壺蓋顏色略淺了一些與壺身的顏色不太協調；唐雲畢竟在行到家：「不礙事，泡了茶以後就差不多了。」

姑娘似雪

個人主觀地認為，「姑娘」一詞應指妙齡女子。諺云「姑娘十八一枝花」，這大概可以更主觀地把「姑娘」理解為既年輕又貌美的女性。孫遲對「姑娘」情有獨鍾，撰文仔細考證《紅樓夢》中「姑娘」的不同含意；不知有意或無心，卻偏偏考證不出「年輕貌美女子」這個義項。經典雞尾酒 Vahine 舊譯「夏威夷女郎」，譯筆太直太騷也太野，新譯「姑娘」倒含蓄傳神。單看 Vahine 的材料就知道這「姑娘」多麼甜又多麼醉人：鳳梨汁、椰汁和小許檸檬汁——另加三十毫升伏特加、四十五毫升櫻桃白蘭地。製法是把材料倒入搖酒器中搖和均勻後，再注入盛有碎冰的酒杯中：冰雪姑娘，更加迷人——

「雪」與「姑娘」向來有緣：雪膚花貌、冰雪聰明；南唐姑娘晚妝初了個個明肌似雪。謝道韞詠雪設喻尤妙，柳絮因風詠得起才女千秋不朽的才華，如此才情也難怪看不起夫君王凝之，薄怨「不意天壤之中乃有王郎」，為千古才女出一口氣。當年福田家旅館總會為投宿的川端康成安排一位「專屬侍女」，這名侍女最了解川端的起居習慣和心意，服侍周到體貼，甚得川端喜愛；侍女的名字正是「雪姑娘」。川端一生愛美愛得近乎苛刻挑剔，對福田家旅館的雪姑娘特垂青眼，這位雪姑娘一定乖巧溫柔，惹人憐愛。「雪」字冰冷，「姑娘」嬌媚；兩詞合併令人難忘。

和田芳惠的小說作品獲第五屆川端康成文學獎，一九七九年國內的《世界文學》雜誌也報道過和田得獎的消息。雜誌上獲獎小說的中譯名稱正是「雪姑娘」；害得我胡思到川端康成上去又亂想起福田家旅館的「雪姑娘」來。讀昭和五十三年（一九七八年）文藝春秋出版發行的原書，和田這二百多頁的小說其實不是「雪姑娘」而是「雪女」。從翻譯上講，「雪女」廣義上也可以涵蓋「雪姑娘」，但從用詞色彩上講卻大有分別。讀過日本怪談傳說的都一定知道「雪女」是如何陰幽又如何怨毒：男人讀了尤其害怕，好色的男人讀了更加害怕。

日本人把「雪女」理解為「妖」。《百怪圖卷》和《圖畫百鬼夜行》均有雪女圖像，都不畫腳；散髮飄飄的飄得滿卷都是妖氣。傳說雪女會在山上迷惑過路的旅客或樵夫，再把他們冰封或殺死。雪女惑人的手法倒也有趣：她會在雪夜叩門向村民取水喝，如果屋主給她冷水，她就會大開殺戒；給她熱水的話，她就會消散得無影無蹤。大概是冰天雪地還給人冷水喝，心腸大壞者該死。只是心地善良也不一定有好報，傳說雪女會在雪地幻化成迷路弱女，遇上好心路人願意背她上路，好心人在雪地上走到筋疲力盡時雪女便會動手害人。雪女還會手抱嬰兒在山間等待獵物，她會要求過路人行行好心抱一下嬰兒，但嬰兒在好心人的懷中卻會變得愈來愈重，好心人累極的時候雪女便會趁機下毒手。損友王五向來抱獨身主義，常借雪女傳說演繹箇中的微言大義。王五一口咬定「女人絕不好惹」和「一旦結婚生兒育女男人一生就完蛋」是對雪女傳說的最佳解讀：「道理再明白不過，只是男人還是甘心送死！」我反駁說我結婚多年並育有二子，一樣活得下去。王五說：「這不是活，是求死不能耳。」

二〇〇二年日本富士電視台拍攝的《怪談百物語》也搬演過經典的雪女傳說。劇本大至根據小泉八雲的《怪談》改編而成；情味大增妖氣頓減。小泉八雲筆下的雪女算是最有情有義的了。故事中的雪女與樵夫結合動了真情，兼且看在孩子份上，最終還是不忍心殺害丈夫，臨離去時還不忘叮囑丈夫要善待孩子。飾演雪女的松雪泰子在劇中臉塗慘白油彩身穿雪白袍服，裙不露腳袖不露指口吐白氣目露兇光。飾演巳之吉的荻原聖人則一臉無辜目光帶點呆滯表情略為生硬，在劇中低聲喚妻子「ゆき」（Yuki），倒叫喚得有點像《白蛇傳》〈斷橋〉一幕許仙喚叫「娘子」的語氣，輕輕軟軟委委婉婉情深款款；難怪雪女現形都捨不得殺害他。二〇〇三年現實中的荻原聖人與妻子離婚，妻子和久井映見對傳媒説：「孩子是我的性命，那個男人我一輩子都不會再見他了。」二〇〇四年現實中的松雪泰子與 Gaku 離婚，離婚後泰子獨力撫養孩子。

俄羅斯民間傳説中的「雪姑娘」近仙不近妖，雖非人類但卻惹人憐愛。「雪姑娘」劇作家眼中的雪姑娘蓄一頭雪白的長髮，衣服總是冷冷的或白或藍。「雪姑娘」的父親是「冰雪」，母親是「春天」。故事説雪姑娘先後愛上牧羊人列爾和商人米茲基爾。母親同情女兒一片冰心不懂情為何物，就給予她了解愛情的能力。雪姑娘得嘗愛情真味卻惹來太陽神的不滿。陽光和來自愛情的溫度一樣熾熱，終於把雪姑娘融掉。俄羅斯氣候寒冷，不少地方長年積雪，難怪民間傳說都與雪有關。雪姑娘融化成水，造就與「柔情似水、佳期如夢」的互涉與暗示；一點都不曲折不隱晦——愛情只要有犧牲，就凄美。《Contes Populaires Slaves》中的〈The Snow Maiden〉卻把愛情主題改編成倫理親情主題：一對老而無子的夫婦在門外堆雪人，雪人幻化成乖巧孝順的雪姑娘承歡膝下，卻在一次跳營火的儀式中被火融掉。說到底親情誠然可貴，男女愛情事涉浪漫與溫馨卻又佔盡優勢。在文學作品中加入親情能加重份量，作品中談情說愛則可以撩撥興味。白居易〈燕詩〉講「當時父母念，今日爾應知」不是不好；「問世間，情是何物？直教生死相許」則更是入骨相思。至於雪姑娘跳營火而給火融掉的情節真的有點笨拙可笑。我雖人過中年但感情境界還是很不長進，情願看情竇漸開的雪姑娘因愛情而慢慢融掉也不願看她傻兮兮地跳營火。《Contes Populaires Slaves》中〈The Snow Maiden〉的改編手段直是點金成鐵。

蘇東坡名句「雪似故人人似雪」寫得丰神獨絕，居士心中隱隱浮現的也許不是山間雪女的魅影而該是雪姑娘雪夜月下的倩影。俄羅斯畫家瓦斯涅佐夫彩筆下的雪姑娘穿着毛皮鑲邊的長襖和雪帽，小姑娘雪夜上路不知要找誰。畫幅中人影和樹影都分明，地上白雪尤光得刺眼；該是月色明朗的夜晚……雪姑娘在雪地上踽踽獨行，天上下着微雪，挺冷，路上的樹也不多。雪姑娘穿着長皮襖戴着手套，厚毛皮鑲邊的雪帽輕輕的蓋到姑娘的眉梢下，重裘鑲成的衣領托護着下頷，衣領上白色、參差的毛皮搔着姑娘的耳背——該是風起了，姑娘稍一低頭，嘴唇就隱沒在厚厚的裘領下。姑娘的臉晶白如玉，長長的睫毛在冷風中怯生生地顫動着。也許，這夜，雪姑娘心愛的牧羊人會應約前來；怕她冷，把她擁入懷中。如果明知愛一個人的代價就是被愛融掉，誰還會堅持去愛？也許，漸漸融化的雪姑娘會情深款款地望着牧羊人，淚水一滴滴的沿着臉龐淌下……

對愛情尚有憧憬的男人都相信，遇上的會是甘心為愛情犧牲的「雪姑娘」；而不是怨毒害人的「雪女」。對愛情尚有憧憬的女人則深信，總會遇上像蘇武「生當復歸來，死當長相思」的「牧羊人」，而不是那些好色該死的「過路人」。只是俄羅斯的「雪姑娘」版本也好日本的「雪女」版本也好，一齣是悲劇一齣是恐怖劇；搬演的始終不是喜劇。雪姑娘愛上牧羊人而愛情可以把一個人融掉的情節，既吊詭又宿命。是誰忍心更把故事胡扯、嫁接到牧羊人擅長撒謊的另一個經典寓言上去？我情願相信「愛情可以把一個人融掉」這句話跟牧羊人第三次在山頭大喊「狼來了」一樣——這一回說的不再是謊話，是事實。

大象孤兒院

張船山官清如水，移居松筠庵時有「留得累人身外物，半肩行李半肩書」之句；那半肩身外物，自古累人。窺基大師高僧得道，出家後卻總有三輛車隨行：一車酒肉、一車美女；另一車，正好是累人的書。

這陣子剛要計畫處理個人的藏書，思前想後，心情難免忐忑。個人的整個藏書系列就像一頭大象，願意捐送也許只是個人一廂情願的想法，誰來接收這頭大象都實在不是易事。香港尺金寸土，誰都不願意收容大象。卻原來世間真的有「大象孤兒院」：一九七五年斯里蘭卡野生動物局為無家可歸的幼象修建了世界上第一所「大象孤兒院」；肯尼亞首都奈洛比市郊也成立了「大象孤兒院」。開辦「大象孤兒院」真的需要有「安得廣廈千萬間」的胸襟和宏願。且莫說長遠照顧大象所花的人力物力，就是收容大象的空間問題就已叫人非常頭痛。

成立「大象孤兒院」之所以令人肅然起敬，是因為它不是「象牙博物館」。誰都知道大象最珍貴的是那兩枚長長的象牙。象牙可以加工製成工藝品，是珍貴的材料。沒有「大象孤兒院」，藏書就只好送到「象牙博物館」去。「象牙博物館」卻只會留下孤兒的珍本長牙，折騰一番後，那頭給館方拔掉長牙的大象最終還是物歸原主。王鼎鈞在〈處理藏書的滋味〉中說他的藏書「並沒有珍本善本，但是都有參考價值，對於不需要它的人來說沒甚麼意義，對於需要它的人是寶貝」——看來正是一頭沒牙的大象。他把藏書轉送到位於曼哈頓鑽石地帶的台北文化經濟紐約辦事處，王鼎鈞看到的是「可以說是金屋藏書，出出進進談笑有鴻儒，往來無白丁，書在這裏會遇見他希望遇見的人」。我看到的卻是一所坐落在曼哈頓鑽石地帶的「大象孤兒院」，敢於擔承託孤撫孤與存孤重責的機構。書生走運，王氏個人藏書總算有個好歸宿；他在曼哈頓的「書緣」畢竟惹人艷羨：「感謝主持文經處的夏大使！他是第一位關心華文文學發展的大使。」我老眼昏花一時間把句子中的「大」字誤看成「天」字——由一位「關心華文文學發展的『天使』」主理的「大象孤兒院」誠然是刻意誤讀與文藝虛構的惡搞拼貼，但好歹能給藏書人一絲盼望。現實卻是連圖書館都要強調「圖書剔除」或大談「館藏淘汰」，個人的孤兒大象要麼就自行丟到焚化爐去作人道毀滅，要麼就考慮零售放賣讓他人領養。只是傳統讀書人或愛書人絕不輕易「賣書」，陸游說「典到琴書事可知」，分明道出「賣書」是讀書人最迫不得已又最無奈的痛苦決定；心情等同於賣兒貼婦，為的是感情而絕對不是那幾分窮酸面子。何廣棪教授學問高道行深看得開，說自己是「用書家」而不是「藏書家」，二〇一三年十一月廣發「散書」消息，開倉放售一百五十箱過萬冊個人「用書」。連《明報》世紀版都有何教授賣書的專訪：「這幾天，何廣棪親自坐鎮，把每本書親手交給它們的新主人。都說文物有靈，相信這些書，在等待有緣人的到來。」來淘書的人家中也許都已有一頭大象，這些大象將來的歸宿又會怎樣？想到這裏，心情就難免更忐忑了。也許，從楚弓楚得的思維角度出發，書的或聚或散本來就無所謂捨得不捨得。一系列的藏書分散落在不同愛書人的手中，整與零的辯證既矛盾又統一：但以碎玉觀之，不求全瓦；心情，自然會舒坦些。

我想，女人的最大不幸是嫁了一個愛藏書而又在生前送不出藏書的人。當然，這「不幸」的大前提是這個女人要比丈夫長命。紅顏寡居，對着那一頭大象孤兒，丟掉又不敢賣掉又不忍送掉又不能，總之是食之無肉棄之有味。

像唐代杜暹為藏書訂下「鬻及借人皆不孝」的家訓真的是太強後人之所難——卻說達芙妮和丈夫大衛一起飼養並復育各種野生孤兒動物。大衛一九七七年去世，遺孀達芙妮毅然繼承丈夫的遺志，繼續為孤兒大象和犀牛努力，更在奈洛比成立了大象孤兒院，改變了很多孤兒動物的命運。達芙妮的 *Love, Life and Elephants: An African Love Story* 有莊安祺中譯本，前言說她當年在查佛國家公園遇上一頭似曾相識的孤兒大象：「我伸手觸摸牠的雙頰，摸着牠涼涼的象牙，撫摸牠的下巴問候牠。牠的眼睛溫和而友善，眼皮上鑲着又長又黑的睫毛……。」我書倉中那頭大象看來並沒有珍貴的「涼涼象牙」，但卻還是「溫和而友善」。達芙妮的眼皮上也許都長着又長又黑的睫毛，充滿慈憐的眼睛正深情款款地眨動着——跟關心華文文學發展的天使的目光一模一樣。

下卷

負暄

是日秋分

九月二十三日，是日秋分。適逢周末，早上偶然翻出個人舊詩集兩種，若有所悟。詩，沒有寫成。

秋天向來是詩的季節，起碼炎炎夏日就沒有這個優勢。世無佳句不言秋，秋分，本應要多寫幾首詩。可是，這陣子總沒心情寫詩。上世紀八十年代唸大專時始學寫詩，詩是舊體，人卻年輕，帶着腳鐐，開開心心地跳舞，跳了幾年，腳鐐玎玎噹噹，自成節拍，自得其樂。大專畢業那年出版第一部個人詩集，薄薄一本完全沒有「書」的感覺，是詩冊，更似詩葉，份量，可想而知。當年貪圖的也許只是詩人的身分或詩人的浪漫，卻萬萬想不到，踏入千禧年代，只要一翻開臉書，原來，滿街滿巷早已經擠滿了寫詩的人，新的舊的，臉上書上全都是詩人的浪漫與浪漫的詩人。自二〇〇八年第二本個人詩集《琴影樓詩》出版後，我幾乎已經沒有心情再寫詩。「成佛肯教靈運後，更無果位屬詩人」，印在詩集的封底一語成讖，隱隱約約表達出一點厭倦。這點點厭倦也不純然就是抗拒、反對或討厭，大概只是跟厭倦了逛年宵花市的心情差不多，總是怕人多，怕擁擠，怕擾攘；且漸覺多寫詩不若多讀詩：多寫詩容易令人自大，多讀詩卻可以使人謙卑。中國傳統講「詩教」都是讀詩的事，溫柔敦厚，未必與寫詩有關。

能詩能文的臧克家曾說「老來意興忽顛倒，多寫散文少寫詩」，「意興」二字，值得深思，那該是〈青玉案〉上元佳節的闌珊燈火。同樣能詩又能文的余光中，在〈繆斯的左右手〉說詩像情人可以專職談情，散文像妻子卻要兼顧生活中的柴米油鹽。也難怪年輕時總是放浪不羈處處留情，可而今年過半百，個人的寫作生命也許已屆甚至是已過「適婚」的必經階段，回頭浪子收拾閒情，修心養性一心一意為散文作閨中牛馬；從此執子之手，與子偕老。

很多人都說散文「難」，我深有同感。散文難寫，要賴此以成家，更難：寫一首讓人感到難讀的詩，讀者會肅然起敬；寫一篇讓人感到難讀的小說，研究者會趨之若鶩；寫一個讓人感到難明的劇本，觀眾會說有深度；寫一篇讓人感到難讀的散文，卻容易引來怨罵或批評。我曾經為此而苦苦思索，到頭來才明白讀者也該有應負的責任。是日秋分，重讀周邦彥的「正單衣試酒」，讀得微涼微醉之際，見詞牌「六醜」兩字不啻佛頭著糞，不明所以，翻書才知道當年宋徽宗也提過相同的問題。周密《浩然齋雅談》記載了周邦彥對「六醜」的解釋：「此犯六調，皆聲之美者，然絕難歌。昔高陽氏有子六人，才而醜，故以比之。」聲美而難歌，以「才而醜」的高陽六子為喻，那是說，「聲」屬內在，「歌」屬外在。周邦彥製此新調我想該是魚與熊掌無法兼得，只好捨外而取內，保留「聲之美者」，至於難歌與否乃是歌者的事，與作者關係不大。寫文章似也會遇上類似「皆聲之美者，然絕難歌」的情況，這肯定不是「兼顧」二字就可以輕易勘破參悟的生關死劫，倘真的要二擇其一，「六醜」可以是個很好又很具體的參考事例。周邦彥說「才而醜」看來並非單指「以貌取人失之子羽」，而更可能是「但傷知音稀」的慨嘆。

二〇一六年臧棣和秦曉宇在北大談讀詩的種種，臧棣認為一般讀者在閱讀詩歌時要「多一點點同情心」：「當別人寫的東西讀不懂時，可以想想他為甚麼要這麼寫？這麼寫有沒有道理？」其實，閱讀散文似更應具備臧棣所說的「同情心」，這份「同情」並非「可憐」，「同情」該是對作者的信任——「想想他為甚麼要這麼寫？這麼寫有沒有道理？」——這份閱讀的信任乃建基於讀者與作者的深厚感情與無間默契之上。「同情」既非「可憐」，因此文章在內容或形式上都不必「乞憐」，不必「遷就」，不必「迎合」；「討好」就更是大可不必。力避媚俗是個人近年創作的一點體會，甚至是堅持，卻又不時自我提醒故作艱深濫唱高調容易流於裝腔作勢。「書貴瘦硬方通神」，「瘦硬」，在甜熟或豐腴的審美主流中，信亦「醜」矣，卻能「通神」。

了解某個作品跟了解某個人一樣：寫得再淺易的作品都會有人認為難讀，寫得再艱澀的文章也總會有讀者珍惜它、理解它。至於讀者是否願意「同情」某個作品或作者，像談戀愛——大概總得講緣份，不好勉強。魯迅在其名篇〈秋夜〉中的難讀名句「在我的後園，可以看見牆外有兩株樹，一株是棗樹，還有一株也是棗樹」業已成為現代文學中的經典公案，曾經引起過不少討論，但「同情」魯迅的讀者總可以在這組看似冗贅難讀的句子中讀得出文藝效果來。

《詞苑叢談》說楊慎認為「六醜」這詞牌名字起得「無謂」，私下把「六醜」改稱「箇儂」。「箇儂」就是「這個」或「那個」的意思。「箇」字古雅「儂」字陰柔婉轉，軟語又綿又膩，可是花花俏俏的「箇儂」在流傳上始終還是敵不過又瘦又硬的「六醜」。喜歡花俏沒問題，但一輩子都喜歡花俏就有點不長進。品味走到最後階段都近雅近淡近樸近素，看盡千帆最終還是愛看扁舟容與，賞盡似錦繁花最終還是欣賞荷敗菊殘。寫半輩子甜熟豐腴行楷，晚年卻越寫越瘦硬。「努力加餐飯」真是千古絕唱。古代器物常有「長毋相忘」、「長樂未央」或「長相思，毋相忘，常貴富，樂未央」等銘文，簡單直接。不假花巧的修辭，年輕時從來不覺得動人，年紀大了血管和心腸都不免硬化，金石銘文卻刻得入鐫得深。等閒擬人比喻都不為所動，反而乾乾淨淨又深深刻刻的話最受落。花言巧語是現實需要工作需要社交需要而絕對不是感情上的需要。我向來不喜歡「桃花潭水深千尺，不及汪倫送我情」，太虛偽太失真，反不若「夜台無李白，沽酒與何人」來得簡潔真切。李密說「臣密今年四十有四，祖母劉今年九十有六，是臣盡節於陛下之日長，報養劉之日短也」，毫不矯情，不亢不卑。有人說李密漢室舊臣以事孝為由婉拒司馬炎的籠絡，也許是事實，但李密勝在能兼顧情理，在公存義，在私存孝，文章佳處信非小人之心可以完全體會得到。同樣是婉拒籠絡，張籍〈節婦吟〉「還君明珠雙淚垂，恨不相逢未嫁時」卻是吟得太油太滑，完全談不上一個「節」字了。看來楊慎也該對周邦彥多一點「同情」，起碼應該相信貴為「大晟府提舉」的周邦彥既能為新創的詞調起名為「蘭陵王」，而同時又不以「六醜」突兀為嫌，箇中也許、應該、大概、相信——總有周邦彥的道理。

上世紀三十年代廢名在黃梅縣立小學教中文，他以「楓樹」為題要學生作文——都説散文難——結果班中不少學生都以「我家門前有兩株樹，一株是楓樹，還有一株也是楓樹」作起筆。這樁現代中文教育史上的集體模仿或「抄考」事件不妨視之為魯迅名篇對時人深刻影響的有力論據。廢名老師沒有怒罵學生效顰或抄襲，只在課上強調魯迅這種寫法「本是心理的過程，而結果成為句子的不平庸，也便是他的人不平庸」。廢名這幾句話對小學生來說也實在頗為深奧難懂。廢名當年對黃梅縣立小學的學生說「他寫〈秋夜〉時是很寂寞的」，小學生也許都不一定明白魯迅寫〈秋夜〉時為何寂寞。倘若換掉句子中的「他」和「秋夜」兩個詞兒，不管替換上甚麼名字甚麼篇目，只要事涉作家又事涉作品，也許都一樣寂寞。

是日秋分，夜翻《春秋繁露》，讀第五十條〈陰陽出入上下〉：「秋分者，陰陽相半也，故晝夜均而寒暑平。」我關注的倒不是陰陽也不是晝夜，而是秋色。趙孟頫在元貞元年為周密繪的〈鵲華秋色圖〉流傳千古，「二玄社」複製的手卷印得逼真，秋分之夜展玩，開卷居然透得出襲人的秋氣。黃河以北的鵲山圓而平，黃河以南的華不注山尖而峭，一盤踞圖左一矗立圖右，並峙遙對。讀詩與寫散文，是趙孟頫筆下平分齊州秋色的鵲華二山，是魯迅〈秋夜〉中後園牆外的兩株棗樹。

「董粉」之言

知道董橋榮獲馬來西亞花踪文學最重要獎項「世界華文文學獎」，身為「董粉」的我，高興萬分——終於獲獎了。說「終於」，並非埋怨主辦單位授獎太遲。事實上，董先生得此榮譽固然實至名歸，而主辦單位授獎不授獎，也實在無改董先生是文章大家的事實。我說「終於」，是指董先生所擅長的文學體裁——散文。

「小說」是現當代文學中的「顯學」，很多人都重視；「新詩」也向來是文學體裁中的貴冑驕子，萬千寵愛集一身；「戲劇」則容易與小說詩歌或電影交融滲透，跨媒體成品既有讀者又有觀眾。只有「散文」歷來都是斯文獨憔悴，部分作家出其餘事固然也可以寫出若干優秀散文，但終難成家。今天是「小說家」「詩人」「劇作家」當道，專治散文而能稱「家」者，屈指可數，而獲國際大獎肯定與認可者，更是少之又少。

主觀感覺，小說、新詩或戲劇的作者，在成「家」這回事上，似乎不太需要經過「公認」的洗禮，習慣上，幾乎是發表過或出版過相關作品的，都可以稱「家」，至於算不算僭稱，是另一回事。但習慣上，人們又極少稱專門寫散文的人為「散文家」，僭稱者少，公認者就更少。當然，這也可以視為優勢：踏實平凡，與世無爭。

董先生是少數給公認為散文家的作家。

也實在難得，董先生多年以來筆下甘於寂寞，始終專治散文，心不旁騖。他的文章，修辭則細密而認真，內容則深邃而實在，結構則跳躍拈連斷續自如，風格則兼具中國傳統之儒雅與西方紳士之高華，表達則吞吐抑揚各得其妙。讀其文章，如讀大癡道人長卷，尺幅千里而無一敗筆。董先生的文章既是才情與美感的表現，也是表達能力的極致表現。

我常跟有志於寫作的年輕人說，無論將來要專攻哪一種體裁，都一定要先把「筆」練好——我的口頭禪是「先練好支筆」。「筆」，我將之看成是文學創作中最基本又最重要的表達能力。「筆」，就是不花巧不取巧，卻能窮形盡相，把信息或感情交代清楚。散文就是最能體現「筆」的文學體裁，學生的寫作訓練實在都應該從散文習作開始，雖未必吸引，卻終身受用。董先生親赴吉隆坡接受獎項並主持演講，他認為文章要寫得實在，風花雪月追求文字美，卻沒有實際內容，就沒甚麼意思。而「實在」兩字，知易行難，在在與「筆」的功夫有關。

董先生在吉隆坡演講的講題恰與一九六〇年胡適在成功大學畢業禮上的

講題遙相呼應：胡適當年講「一個防身藥方的三味藥」；董先生講的是「寫作的三帖補藥」。為寫作處方，那三帖補藥分別是博讀、膽識和冷靜，相信這三劑藥對任何創作都有補益，不寒不燥，多吃無妨，而「博讀」對散文創作尤為對症。詩、小說、戲劇或可偏重「別才」，非關書也；但散文如果缺了「博讀」，基本上無法成篇，即便勉強成篇，亦無足觀。讀董先生的文章，就最能體會由「博讀」鋪墊的清貴底氣。

先生在演講中提及一件對他影響非常深遠的往事：話說當年任職報館時，金庸曾經要求修改他文章中一個字。我看當年到底改了哪一個字已不是重點，重點是董先生說：「我不會告訴你們那是甚麼字，這是我的秘密。」都幾十年前的陳舊回憶了，人前一點隱瞞、一點吞吐，留白處卻依然逗得起與初戀相關的錯覺——董先生這句話講得又腼腆又矜持。

跟「乙反調」一樣的介乎狀態

「乙」是「7-」，「反」是「4+」；並不是西樂的「7」「4」，也不是「b7」「#4」。「乙」介乎「b7」與「7」之間；「反」則介乎「4」與「#4」之間；這兩個音只在廣東音樂中應用。用「乙反調」寫成的樂章，聽來份外淒苦哀怨、纏綿悱惻，格外感人，若要硬套進西樂的概念中，得了規範卻失了個性。黃志華呼籲撰曲者要重新重視這個溢出十二平均律的腔調，確是卓見。我特別喜歡像乙反調一樣的「介乎狀態」，「兩者之間」就是「介乎」，這種狀態千變萬化，容易造成牽掛、造成懸念。

物理學中也有類似「介乎」的懸念。奧地利物理學家薛定諤（Erwin Schrodinger）為了證明量子力學在巨觀條件下的不完備而提出一個實驗構想，不知有意或無心，偏偏以貓作為實驗品。這頭著名的「薛定諤的貓」也真惹人繫念，霍金被這頭貓懸繫得又惱又恨，說要開槍打死牠。薛定諤始作假設之俑，設想把一隻貓放進一個封閉的盒子裏，然後把這個盒子連接到包含一個放射性原子核和一個裝有有毒氣體的容器的實驗裝置上。設想這個放射性原子核在一個小時內有一半機會會發生衰變。如果發生衰變，它將會發射出一個粒子，而這個粒子就會觸發毒氣裝置，盒內的貓就會給毒死。如果在一個小時後把盒子打開，就只能看到「衰變的原子核和死貓」或「未衰變的原子核和活貓」。薛定諤提出的問題是：在開盒觀察之前，這隻貓究竟是死了？是活着？還是半死半活？這頭薛定諤的貓正是介乎死與活之間，撇除物理的分析角度，單憑聯想的話大概可以想到「半死不活」、「半生不死」、「雖生猶死」、「雖死猶生」、「死去活來」……講來講去會不會就是「彌留」？「彌留」就是瀕死與未死間的狀態。

曼殊當年在日本與彈箏人相戀就戀得死去活來，〈本事詩〉十首就涉及這段櫻都艷史，陳獨秀性情中人，追和十章，句句都是知音人語。〈本事詩〉第七首「烏舍凌波肌似雪，親持紅葉索題詩。還卿一缽無情淚，恨不相逢未剃時」，把節婦還君明珠點化成方外人的無情珠淚，總之是恨晚相逢。陳獨秀和詩和得到位：「目斷積成一缽淚，魂銷贏得十篇詩。相逢不及相思好，萬境妍於未到時。」說相思比相逢好，是因為「未到」。「相思」就是「介乎」「相分」與「相逢」之間的「乙反調」，難怪同樣是「份外淒苦哀怨、纏綿悱惻，格外感人」。

張潮《幽夢影》說：「楷書須如文人，草書須如名將，行書介乎二者之間，如羊叔子緩帶輕裘，正是佳處。」行書是游弋於楷草間的儒將，我直接想到的不是羊叔子，而是周瑜。能把行書寫到既「雄姿英發」又「羽扇綸巾」，看〈蘭亭序〉就可看得出這份意味。王羲之文質彬彬，官拜右軍將軍，放筆於楷草文武與收放開合之間，字字都惹人相思。事實上，要寫字要作畫，「黑白分明」並不好玩，「灰色地帶」才能極盡深濃淺淡乾濕的意趣，層次豐富極了。張岱《夜航船》說唐代進士榜「書必以淡墨，或曰名第者陰注陽受，以淡墨書者，若鬼神之跡也」，淡墨描畫原來是仿效鬼神之跡，虛無縹緲。細心欣賞一張水墨畫，那介乎黑白之間的近濃遠淡或重乾輕濕，有層次，又立體。中國水墨畫的意趣向來就不強調「分明」，反而強調曖昧與漸變，這墨濃墨淡之間的薰薰染染，百色花卉與千里山水都可以應付過來；信亦近鬼神之跡。

「半推半就」的狀態本來也是挺「乙反」的，可惜這詞兒一踏足文壇就失足誤落風塵，在小說或戲曲的情色書寫中大張艷幟，嚇得等閒文句正襟語段都不敢亂用。在網上偶然讀到「教師招聘試」的說講技巧分析，說教師講話要擲地有聲，「不要半推半就……」。我估計那個「半推半就」該是「半吞半吐」或「吞吞吐吐」。《兩般秋雨庵隨筆》「燈謎」下有謎題「掠」，細看夾注原來射「半推半就」一語。梁紹壬當然不知道，在漢字簡化的年代，「扰」字也可以是「半推半就」。「掠」字「扰」字都語涉不祥，二十世紀初劉半農硬套外文 he she 的分野生造「她」字雖非不祥但一定不該。「他」字本來不分男女又可男可女，「教我如何不想他」效果大佳，改「他」作「她」是把清墨的淺雅浸染改作粗黑的死線，洗手間的指示門牌大概用得上。辛棄疾在眾裏苦尋千百度的「他」才是這個代名詞的本色本相。

花木蘭，在從軍的歲月裏算不算是介乎男女之間？祝英台，在杭州跟梁山伯同窗共讀的那段日子又該算是男還是女？梅蘭芳，在台上反串演楊玉環，觀眾一時釵弁難分，「任姐」任劍輝演李十郎演柳夢梅，雄兔雌兔傍地走又撲朔又迷離……文學中的性別曖昧與舞台上的乾旦坤生向來都有吸引力，亦剛亦柔佔盡了兩性的先天優勢，再經藝術的後天加工，這舞台上的第三性別既不是娘娘腔也不是假小子，卻是介乎兩性的交疊狀態；非常「乙反」，也真夠「薛定諤」。

達芬奇筆下的蒙羅麗莎沒有眉毛，表情卻介乎含笑與微笑之間，特別耐看。有人利用「情感識別軟件」分析畫中人的「笑容」，結論是包含了83%的高興9%的厭惡6%的恐懼和2%的憤怒。《西京雜記》說卓文君貌美，眉色如望遠山，看來文君眉毛不但細長，而且帶點疏淡朦朧。這種眉色不知是天生如此還是經悉心描畫而成，那一痕介乎黑白之間的隱隱約約，情深款款的張敞與多才多藝的達芬奇都未必描得出來。要畫的話，惲壽平的水淡墨清一定畫得出這種眉色，水靈靈又煙裊裊的，高興厭惡恐懼憤怒都似虛還實，不用量化。朱慶餘念念不忘功名及第，向科場座主張籍獻詩溫卷，一說就落了俗套——妝罷低聲問夫婿，畫眉深淺入時無——「入時」近乎媚世，「不入時」近乎老套，倘能把眉妝畫得介乎「入時」與「不入時」之間，才真夠動人。

烤不融的雪球

構思寫一齣戲。戲匭都想好了，姑且就叫做「唐先生風雪慧林寺」。

話說，唐滌生在極樂寺國花堂看完《白兔記》後，情動五內，悲從中起，含淚別過了袁中道，負手踽踽獨行，途中忽然下起大雪，……

* * *

觀劇可以是「耳目之觀」，聽曲白，讀腳本，觀穿戴，看做工；事涉欣賞，處處求「好」。觀劇為求耳目之娛，人之常情。名班名角搬演名劇，舞台上靚妝麗服，粉墨玲瓏，釵鈿輝映，舞袖迴旋，加上唱詞雅麗，名曲悅耳，音韻繞樑。觀劇而歸，三日不知肉味。觀劇也可以是「腦袋之觀」，辨真假，論常情，問是非，評犯駁；事涉分析，處處求「對」。能認真地以腦袋觀戲，分析評論，條分縷析，以事論事，如此觀劇，已近於研究。能以腦袋觀戲者，往往是具有一定觀劇經驗的觀眾。曲有誤，周郎顧，指瑕辨誤，據理批評。可是極端處則往往以今非古，用腦太多而用心太少，又或者只以時代思想或個人想法為唯一標準，則到底是好事還是壞事？是進步還是退步？值得深思。觀劇更可以是「心靈之觀」，善投入，重領會，多感動，貴得着；事涉感悟，處處求「懂」。

觀劇處處求「好」求「對」，誠然不錯，只是像人生一樣，「不夠好」或「不太對」，往往更近常態。至於「懂」與「不懂」，往往取決於座上那一點頓悟——可以偶得，難以強求。南戲《白兔記》劇情不無犯駁，劉智遠別妻重婚的形象也並不討好，然而自宋元以來，歷演不衰。明代袁中道的〈游居柿錄〉有極樂寺觀《白兔記》的片段：

極樂寺左有國花堂，前堂以牡丹得名，記癸卯夏一中貴造此堂，既成，招石洋與予飲，伶人演《白兔記》，座中中貴五六人皆哭欲絕，遂不成歡而別。

國花堂位於北京極樂寺，是觀賞牡丹的好去處。當年在極樂世界的牡丹叢中演《白兔記》，座上客色空悟處，樂極生悲。我不相信明代那幾位「中貴」的程度比今人差，沒有能力看得出《白兔記》的瑕疵與犯駁。那幾位明代的座上客「皆哭欲絕」，肯定都是懂得以心靈觀劇的多情人。

《白兔記》雖是名劇，但宋元舊劇，情節總不免有犯駁處。唐先生也認為此劇的情節安排和構思「有不自然之處」，是事實。比如咬臍郎本在并州依父生活，卻因打獵時追一隻白兔，由山西省一下子追到江蘇省徐州沛縣沙陀村井邊會母，路程竟有一千多公里。唐先生在上世紀五十年代把南戲《白兔記》改編成粵劇《白兔會》，從此在崑山、潮汕之外，香港在南天一隅以鴂舌蠻音九聲六調，承傳了宋元南戲一段井邊傳奇。唐先生在劇中保留了南戲中劉智遠收服瓜精以及別妻投軍的情節，前者似乎導人迷信，後者亦不合常情。若說唐先生不該保留南戲的「糟粕」，我無話可說，但若真的要改，按所謂合常情又合常理的安排，則劇情發展應該是瓜園並沒有妖精？是劉智遠愛妻情重，沒有別妻投軍？瓜園若沒有妖精，頂多刪減了一場開打戲，但接下來劉智遠要不要在瓜園內發現「寶劍兵書」？沒有鐫刻在寶劍上「五百年後此劍付與劉暠」那句話，他與三娘又是否有足夠信心在危難中分開？劉智遠若不與妻分別，接下來的三娘受苦、咬臍生產、井邊會子又如何發生？劉智遠若不投軍，則建功立業衣錦還鄉的情節又如何得以發展？事實上，傳統戲曲如薛平貴別王寶釧、薛仁貴別柳金花、蔡昌宗別竇娥、蔡伯喈別趙五娘，儘管幾個角色在戲中所處的背景都不盡相同，但這幾齣名劇中的丈夫，都是在非常艱難的情況下丟下妻子，都不討好，舞台上別妻的決定也不能稱得上合情合理。若要改，是不是全都要改？年來一直為唐先生的《白兔會》做劇本校訂及唱詞注釋的工作，責任所在，往往要逼於用腦，為讀者「指瑕」。如李三娘的唱詞「高祖微時曾牧馬」，是援引《舊五代史．漢書》有關後漢高祖劉智遠的歷史事實：「高祖微時，嘗牧馬於晉陽別墅……。」但舞台上、劇本中的劉智遠尚在「微時」，還未即位成為「高祖」，李三娘不可能「預先」引用北宋薛居正編撰的史料。類似這些問題，可以提出也應該提出，我卻不時提醒自己不要據此而否定整齣戲，甚至否定傳統戲曲的價值。並非說硬要把傳統戲曲中種種犯駁都看成是優點，事實上，犯駁或瑕疵永遠都不會變成優點。只是我總寧願把這些犯駁或瑕疵都看成是傳統戲曲創作的一部分。觀眾若能多花一點時間心力投入地觀劇，不只為了享受，不只為了批評，在求「好」與求「對」之餘，嘗試用心靈徹徹底底地看「懂」一齣戲，從中領悟種種悲歡離合，與極樂寺那幾位座上客同聲一哭，才不至辜負編劇者的心思。清代姚文然《姚端恪公集》外集卷十七的日記摘抄，居然由《五燈會元》談到《白兔記》，兩者相距看來絕對不止一千公里：

偶閱《五燈會元》，兒輩適指丹霞燒木佛公案，曰：「院主訶丹霞自是正理，卻為何鬚眉墮落？」曰：「院主鬚眉不墮落，誰為丹霞作證明？」兒未達，予笑曰：「汝看院本《白兔記》否？」

曰：「見。」曰：「咬臍郎是節度使貴公子，李三娘是田村婦人，為甚麼受不得李三娘一拜，卻昏暈跌倒，何也？」曰：「李三娘是嫡親母親。」……

查《五燈會元》說丹霞禪師過慧林寺時，正值天寒，禪師取木佛燒火取暖，院主喝止：「何得燒我木佛？」丹霞禪師不慌不忙，一邊以木杖撥火灰，一邊說：「吾燒取舍利。」院主覺得荒謬，反問：「木佛何有舍利？」丹霞禪師說：「既無舍利，更取兩尊燒。」當頭棒喝，院主自後眉鬚皆落。南戲《白兔記》說咬臍郎受不起母親李三娘跪拜，當場暈倒。姚文然以此類比丹霞公案，耐人尋味。觀劇如此，已不是眼界問題，而是關乎境界的事了。唐先生改編的《白兔會》也保留了這個情節，不涉禪門公案，事亦無稽，但依舊感人。

丹霞禪師善巧方便，誇張地以燒木佛求舍利這等跡近緣木求魚或刻舟求劍的傻事開導院主——「木佛何有舍利？」只是，帶「潔癖」者總要把犯駁或瑕疵無限放大，一葉障目，最終求仁得仁，當然只看到他們只想看到的瑕疵與犯駁；愛「穿鑿」者則急於要在傳統戲曲中附會並落實諸如政治、種族、平權、性別甚至環保等附加元素，效果始終不是那回事。讀《珂雪齋集》，袁中道在極樂寺看《白兔記》的往事互見於〈西山遊後記〉，內容互有詳略，大同中見小異：「……予酒間偶點《白兔記》，中貴十餘人皆痛哭欲絕，予大笑而走。」原來當年在寺中點演《白兔記》是袁中道的主意。袁中道最後「大笑而走」，也不知他到底是真正看懂了台上的《白兔記》，還是真正看懂了台下可笑的人生。

* * *

……風很大，雪越下越緊，唐先生走進慧林寺避雪。入夜，大冷，他就在庭階的簷角下生火取暖，焚燒的不是寺內的木頭佛像，而是他親手撰寫的劇本。不知哪裏跑來一隻白兔，毛茸茸的一團就蹲在火堆旁，遠遠望去，倒像一顆永遠都烤不融的雪球。

遠去

作者對雜誌編輯總有一份特殊的感情，都介乎「知音」、「知己」與「知遇」之間。馬家輝在《明報》撰文悼念陶然先生，說編輯是引路者：「引路者不一定身影巨大，但他曾經伸手帶領，或拉你前行，或推你一把，那種厚實的感覺——除非你是涼薄的人——否則不會輕易忘記。」陶然先生身影並不巨大，但在提攜這回事上，總是盡力而為。

二〇一九年以前，我在《香港文學》發表過十一篇文章，一九九九年那篇〈談華文文學中的一個冷清角落〉發表於「劉以鬯時期」的《香港文學》，版面仍是直排。該期專輯由秀實組稿，原意是座談後筆錄再發表，後來直接改為筆談，再把筆談的內容當作文章發表。二〇〇五年發表的〈李渝《菩提樹》的空靈與靜穆〉，專輯由浸會大學文學院組稿，我也不知道文章最終會在《香港文學》刊登，原來，那時雜誌已進入了「陶然時期」，版面已改成橫排。從前很少給文學雜誌投稿，怕麻煩，又不知編輯會否刊用，總覺不踏實。二〇一〇年起才開始主動投稿給《百家文學雜誌》，二〇一二年兼投《城市文藝》。二〇一四年陶然先生約稿，說希望我供稿參與《香港文學》的「香港作家散文大展」，自此，我便定期在「陶然時期」的《香港文學》發表散文。二〇一八年六月他給我短訊說將改任雜誌的顧問，我才知道雜誌快要進入「周潔茹時期」。「編了十八年，也累了。」他在短訊末還逗趣地輸入了一個打眼色伸舌頭的「emoji」，活潑調皮，感覺上如釋重負。編一本文學雜誌到底有多辛苦？其實任何事只要投入又認真地去做，都辛苦。陶然先生大概能苦中作樂，調皮地伸舌頭的「emoji」透徹反映了編輯工作中種種苦樂與矛盾。

先生退下了編輯崗位，仍熱衷寫作。二月十一日我還讀他發表在《文匯報》上那段與北島交往的美好回憶。三月四日他寫白先勇，我也細讀。不意三月九日晚上在臉書看到宋子江轉發的消息，知道他已走了。三月十一日《文匯報》刊登他寫的〈既是作家，也是畫家——黎翠華〉，已成遺作。年來香港文壇老成凋謝，前輩走了一個又一個，陶然先生猝然謝世，令惜別的感覺變得更複雜，也更難排遣。本地文壇向來雜音不少，卻本來寂寞，現在，更變得異常寂寞，意境恍如他在〈詩人北島〉所寫：「……我們分手，往不同方向離去，剛走幾步，回頭，但見他們的背影遠去，在轉角處一拐，不見了。夜風拂來，冷氣頗大，夜已經深了。」

年前有學生組織與我商量，想邀請陶然先生當評判，我怕他們措辭上失禮，鄭重地跟負責聯絡的同學說，書面上不能稱「陶先生」，要稱「陶然先生」或「涂先生」。先生原名「涂乃賢」，「陶然」與「涂賢」粵音相同，別具諧音意趣，讀音都「香港」得很。以「陶然」為筆名，既有陶淵明〈時運〉「揮茲一觴，陶然自樂」之意境，更有李白〈下終南山過斛斯山人宿置酒〉「我醉君復樂，陶然共忘機」的境界，滿足與自得，都帶點點醉意，意蘊又「文學」得很。先生長眠香江，墓碑上的名字不妨就刻署「陶然」。「陶然」畢竟親切、熟悉，更容易讓人想起香港文學和《香港文學》。

二〇一八年陳瑞琳在〈「詩學」陶然〉中引用了先生的自白：「雖然陶然二字本身含有陶然快樂的意思，但我並不是一個快樂的人。」再看陳女士二〇一二年發表的〈寂寞之舞的陶然〉，自白的原文卻是「陶然二字本身含有陶然快樂的意思，我並不是一個快樂的人，但我希望自己是」。我寧願相信七年前的舊版本，起碼我認識的陶然先生確是如此——對快樂總是充滿希望。

小思老師和梳乎厘

一九九四年回母校浸會大學工作，教寫作科講人物描寫引用了羅孚〈無人不道小思賢〉開首的一小段為例，用以説明如何把抽象的人物性格寫得具體：「朋友在上海參加了中華文學史料學研討會後對我説『小思真有個性』……會議結束，照相留念，要女性們蹲在前排，這時小思不幹了，『為甚麼總是要女的蹲？』有些蹲下了的也被她拉了起來，終於改變了局面，蹲下來的是男性，女性們這回用不着折腰。」我跟學生説，寫文章説一個人「真有個性」是抽象，刻畫人物的言行才具體；班上有好幾位女同學拍手叫好：「係囉，成日都要我哋踎。」

羅孚在文章中轉引他人的話説小思老師講課時「渾身是勁，簡直像一頭獅子」。我沒有上過老師的課，卻早已風聞老師授課的魅力。至於「像一頭獅子」到底是怎樣的一種氣勢？《大智度論》說獅子「獨步無畏」，碰巧「獅子」又作「師子」，比喻加上聯想再稍稍結合個人三十多年當教師的經驗，大概明白，那該是積極、投入、自信及力量的意思。二〇〇〇年四月老師曾應邀到浸大語文中心以「緯夫」為題分享教學心得，她強調「靜」，說教師心境要常常保持平靜，還在會上播放了一段滴水的錄音，要我們靜心聆聽：「冇其他嘅喇，成隻光碟都係滴水聲嚟嘅咋……。」十年後，老師為《梨園生輝》組稿，跟我通過一次電話，囑我為新書寫一篇關於任劍輝唐滌生的文章，我問稿件有沒有特別要求，老師強調自由發揮：「冇咩喋，你想寫咩就寫咩。」二〇一六年七月書展講座前，出版社安排一眾講者與老師在酒樓聚聚，老師說她當主持只會簡單介紹幾位講者出場：「講者講咩自己決定，唔好離題就得啦，想講咩就講咩。」聚會上我們反而集中閒談梨園往事，細聽老師談仙鳳前塵談姹紫嫣紅，又是另一台好戲。同年九月我在尖沙咀商務印書館講南海十三郎的《小蘭齋雜記》，老師光臨；分享完了我不無感慨地跟老師說「可惜十三叔等唔到今日」，老師卻十分肯定地說：「咩呀，佢知㗎，佢知道㗎。」我才恍然明白，老師數十年來堅持不懈地追求學問的動力，就是來自這一份信念。翌年我為侯汝華編訂《海上生明月》的工作接近尾聲，老師在關鍵時刻為書稿補充了《時代筆語》上的一項重要材料。滄海有遺珠，合浦得重歸，七月的一個下午我約了老師在太平館談這條材料。當天，難得餐館氣氛特地懷舊，午後食客漸次疏落，此情此景，談及的文壇往事都更順理成章地褪盡了本來的顏色，半虛半實，在席間浮動。我說書稿中交代老師慨贈材料的片段在付印前會先給老師過目，老師說：「唔好畀我睇喇，你哋做嘢唔好成日就住就住，自由發揮就得㗎喇。」那天，老師興致很好，談蒐集文學材料的絕版孤本，談平生獵書的種種奇逢巧遇，那既是愛麗絲在異境中的幻趣經歷，更彷佛是南柯太守與邯鄲盧生參悟的無常蟻穴與半熟黃粱，似夢似醒之間，有得，有得，有失。席上淡入又淡出的是周作人、許地山、羅孚、高伯雨、葉靈鳳、侯汝華、侶倫等上世紀文人的往事。老師談鋒甚健，給我的感覺仍然「渾身是勁」，實在不像獅子；但積極、投入、自信及力量，依然豐豐沛沛地，襲人而來。

王國維說古今之成大事業、大學問者，必經過三種境界：「『昨夜西風凋碧樹。獨上高樓，望盡天涯路。』此第一境也。『衣帶漸寬終不悔，為伊消得人憔悴。』此第二境也。『眾裏尋他千百度，驀然回首，那人卻在，燈火闌珊處。』此第三境也。」個人體會無所謂對無所謂錯，靜安先生裁拼晏殊柳永辛棄疾的詞作名句，句句相扣相連，若合符節，能引發讀者聯想，把孤獨登程、執着投入、豁然頓悟的深刻意思寄託在名作名句中，後人依此詮釋，各得體會。做學問做研究倘能自成一家之言，固然好，若在相關領域中或深或淺地做些修橋補路鋪磚疊石的工作，也未嘗不是貢獻。若據此思路重新玩味秦韜玉名作〈貧女〉，對成就大事業或大學問，當可有另一番體會。趙曉彤在二〇一六年曾撰文縷述老師的治學特色，發表在《中國現代文學》第三十期的長文由老師遊學京都寫到她構建的香港文學特藏與她設計的香港文學散步。文章大題是「造筏不渡河」，結語處自問自答，輕輕回應了一句「到岸不須舟」，突顯並強調了老師為文學研究平台鋪墊材料基石的貢獻。我卻認為無妨把大題直接改擬作「為人作嫁」，貶詞褒用更能顯示出「為人不為我」的情操——「苦恨年年壓金線，為他人作嫁衣裳」——貧女十年窗下，把學到的都用來裝點嫁衣，為自己，一次就夠了，倘若為了別人，卻倒要年年月月穿銀針壓金線；不必「苦恨」，「甘心」就好。作嫁衣和穿嫁衣從來是兩碼子事，誰需要穿而又穿得好看，嫁衣就給誰穿。《現代學林點將錄》把王利器比配作「地丑星石將軍石勇」，排名近榜末，在第九十九位。點將錄的評語說王氏「至五十年代院系調整時調入文學古籍刊行社，為人作嫁，故聲名不甚顯」，「故」字無賴，以此承上接下，「為人作嫁」四字居然成為「聲名不甚顯」的原因。金庸說古龍「為人慷慨豪邁、跌蕩自如，變化多端」，該是個性既灑脱又不計較的人，難怪構想得出一種異常特別又別具文學象徵意趣的「嫁衣神功」，《絕代雙驕》記載此功甚為詳盡：「只因這種功夫練成之後，真氣就會變得如火焰般猛烈，自己非但不能運用，反而要日日夜夜受它的煎熬，那種痛苦實在非人所能忍受，所以她只有將真氣內力轉注給他人。」古龍筆下的燕南天鐵中棠都練此功。武俠小說情節向來都超乎現實，「嫁衣神功」卻出奇地能真切反映做學問過程中的部分事實。

老師自二〇〇二年正式退休。她手抄的「京大式卡片」漸次電子化，化成了網絡上的「香港文學資料庫」，供無數研究者點擊、瀏覽；她的大部分個人藏書亦已捐贈中文大學，成立了向公眾開放的「香港文學特藏」，供無數研究者參考、使用。許地山名篇〈綴網勞蛛〉收筆處說園裏沒人的時候，「方才那隻蜘蛛悄悄地從葉底出來，向着網的破裂處，一步一步，慢慢補綴。牠補這個幹甚麼？因為牠是蜘蛛，不得不如此！」杜埃多年前寫過文章記述與老師的交往，居然，不無巧合地說老師是「結網牽絲的人」。「結網牽絲」，喻物為綴網勞蛛，喻人則應為天孫織女——從來都是穿衣的人多，製衣的人少；當然，織布的人，更少。我們傳說中天庭上有一個織女，歷史中凡間有一位黃道婆，大概已經足夠同時「衣被天上」又「衣被天下」了。可是大家記得織女是因為她與牛郎銀河相隔一年一會，知道黃道婆的人則恐怕不多。黃道婆是宋末元初人，流落海南島時學會了黎族人種棉紡織的專業技術，重履中土後在松江致力發展棉織業，並教授當地婦女棉織工藝。論風光論體面，織棉布似乎還比不上作嫁衣，卻更該得到尊敬和重視。今天徐匯區內破舊的黃氏祠廟曾在雍正、光緒年間重修過，重建於九十年代的紀念堂今已劃入上海植物園的範圍內。唐人影視、廣東南方電視台聯合出品的劇集《天涯織女》搬演的正是黃道婆衣被天下的傳奇故事，女主角在劇中的名字給改為「巧兒」，可能編劇嫌「婆」字太「粗」太「老」太「土」，改用「兒」字，嬌俏輕盈得多。在劇中飾演黃道婆的演員皓齒明眸巧笑倩兮美目盼兮，簡直是傳說中下凡織女的模樣。

二〇〇三年老師幾經考慮後最終決定接受「傑出教育家獎」，頒獎典禮上的演講沒有客套沒有恭維，老師在教育部門最高級官員面前直言教育政策失敗，談當局做教育決策的「不知不覺」、「一知半解」與「明知故犯」，強調前線老師要有「靈動的空間」，思想要「自由飛翔」；一字一句都是令決策者不無尷尬令教師猛然儆醒的獅子吼。二〇一五年藝術發展局頒發的「終身成就獎」與翌年中文大學籌畫的「曲水回眸」，一個崇高的榮譽肯定與一次重要的回顧省察後，老師很少公開演說了，但老師出席公眾場合時，總有不同年紀的長情「小」粉絲上前要求合照，老師平易近人一般都不拒絕：「好，好，影啦影啦，喺邊度影呀……」，然後理一理襟袖，對着鏡頭微笑，或坐或立——當然一定不會「蹲在前排」。二〇一七年四月洛楓的臉書曾上載一幀老師與梳乎厘的合照，相中人，依稀似是《中國學生周報》「書林擷葉」專欄上〈靈魂的補劑〉〈灰下的炭〉〈不要忘本〉的作者盧颿，又隱約是撰寫《不遷》《人間清月》《承教小記》《彤雲箋》《日影行》的小思，更彷彿是創作及整理《豐子愷漫畫選繹》《緣緣堂集外遺文》的明川，還好像是選編《不老的繆思》《許地山卷》《淪陷時期香港文學資料選》的盧瑋鑾；她們，都坐在梳乎厘後笑咪咪地望着鏡頭。合照中那盤「蹲在前排」的法式甜品因蹲得太接近照相機鏡頭，外形比例誇張地扭變、擴大，乍看起來體積奇巨份量奇重，主觀感覺是怎樣也吃不完似的。給熯焗得略焦而微黃的梳乎厘橫亘在鏡頭前，影像因焦距失準而有點兒模糊，卻能意外地幻化成老師辛苦經營了大半個世紀的一片心田。相中人一頭銀髮是皎白明麗的秋陽，晴日和煦，隴畝上隨風隱隱起伏的黃稻微波或金禾暗湧，似有盡而無盡，是任何人都可以共享的甜熟莊稼。

給牟老師交功課

上世紀八十年代我在九龍農圃道新亞研究所讀書，尚趕得及聽牟宗三老師的課。當時牟老師年事已高不上教室講壇，週末下午三小時的課都安排在會議室，沙發前面的小茶几上放一杯水，還有一小瓶濃縮牛肉汁、一大罐餅乾。老師坐在沙發上一邊啃餅乾一邊講課，學生都圍着老師坐，好熱鬧。課題雖說是「中國哲學專題研究」，但前來聽課的卻不只是哲學組的學生，也有文學組、史學組的學生慕名而至，前來旁聽的校外人士也不少。

課題雖然是「中國哲學專題研究」，但老師講課卻不時涉及非哲學的範疇，三小時的課，基本上是帶點即興的自由發揮。老師在課上跑野馬，在千禧年代的教育標準下一定給評為罪大惡極又不夠專業，但我卻是最不長進的學生，偏偏喜歡老師在課上跑野馬，談天説地又言談微中，時而超以象外，時而得其環中，最受用。我是研究所文學組的學生，老師談到非哲學的範疇我最感興趣，印象也特別深刻。有一次老師的野馬不知跑到哪兒去，話題忽然旁涉到金庸的武俠小説來。老師説《射鵰英雄傳》中黃藥師和郭靖都稱黃蓉為「蓉兒」，香港的粵語劇集照搬原著對白，講粵語的演員在鏡頭前也稱黃蓉為「蓉兒」；老師認為不對。

五十年代在新亞書院讀書的余英時，在〈追憶牟宗三先生〉中説牟老師和金庸是棋友，説牟老師「特別稱許《鹿鼎記》的意境最高，遠在其他幾部膾炙人口的熱鬧作品之上」，看來牟老師對金庸筆下的江湖恩怨與快意情仇都注意。黃藥師和郭靖稱黃蓉為「蓉兒」，「兒」字是用來強調親切、密切或疼愛的意味，但粵語裏頭卻確實不會用「兒」字表達相關的意味。講粵語的演員在鏡頭前稱黃蓉為「蓉兒」，聽起來就非常「文藝腔」，與粵語的語用習慣相扞格。老師說應該把粵語對白中「蓉兒」改為「蓉仔」，不無道理。粵語在名詞後綴「仔」字，確可強調親切、密切或疼愛的意味。如暱稱丈夫為「老公仔」、暱稱妻子為「老婆仔」，心愛的寵物是「貓仔」是「狗仔」。「仔」字雖屬鴂舌蠻音，卻又自然又地道，跟金庸原著中的「兒」字一樣，都喚得出點點親切與絲絲情意。當代哲學大師細心，連類似「蓉兒」的小問題都留意得到。老師舉一隅我試以三隅反，《神鵰俠侶》其實也有類似「蓉兒」的問題。小龍女與楊過師徒在相戀前互稱「姑姑」與「過兒」，相戀後則改稱「龍兒」與「楊郎」。當年佳藝電視台的編劇就把粵語對白中的「過兒」逕改為「過仔哥」，把「龍兒」逕改為「龍女姐」；觀眾不明白編劇的苦心，還批評不忠於原著。

倘稱嬌滴滴的黃蓉為「蓉仔」，措辭始終帶點粗魯，「過仔哥」腔調亦畢竟油滑騷野，「龍女姐」語氣則不免奶油肉麻。若真要改，「蓉兒」或可用「蓉蓉」替代，《鄭侯升集》卷三十七「疊名」條下云：「人之疊名者，女有鶯鶯燕燕娉娉小小雙雙真真盼盼好好」，紅袖青樓文化中還有個汴京李師師與金陵陳圓圓，先例大概可援，「蓉」字疊用，既女性化又嬌俏可人。「過仔哥」則不妨直接改稱「過仔」，既親切又順當，又楊過別字「改之」，亦可用。「龍女姐」宜以「龍妹妹」替代，《通俗編》〈稱謂〉在「綽兄弟皆呼父為兄兄，嫡母為家家，乳母為姊姊，婦為妹妹」句下有按語：「猥俗間有呼妻為妹妹者，沿此習歟?」雖云「猥俗」，但其實舊式粵語中就常有以「妹妹」暱稱妻子或情人的語例。南音名曲〈男燒衣〉首句就是「聞得妹你話死咯」，整段唱詞多次穿插「妹呀、妹呀」，直喊得人心酸。舊曲〈一水隔天涯〉開腔就是「妹愛哥情重，哥愛妹風姿」，上世紀六十年代韋秀嫻唱得蕩氣迴腸。名曲〈再折長亭柳〉的

「秋江別中板」也有「妹妹呀，我寸心百轉」之句，徐柳仙醇厚的平喉把「妹妹」兩字演繹得深情款款——聽起來但覺纏綿哀艷，一點都不「猥俗」。

當年在研究所上牟老師的課是不用交功課也不用考試的，這是我到學期末才知道的「喜訊」。老師都是憑藉印象再參考同學的出席記錄，就給學生打個分數，等級一般都在「乙」等上下，學生皆大歡喜，都無異議。尤其像我這類非哲學組的濫竽者，上課目的只為瞻仰一下名師的風采，倘真要考試，那一定注定是名落孫山的了。舊制度有舊制度的好處，自由寬鬆，也不斤斤計較甚麼「學習成果」，信任老師也信任學生，讓師生按個人意願自然而然地互動。來者自來，去者自去，求仁得仁。我大專畢業後教書已三十多年，洶湧澎湃的教改由小學而至中學而至大學，一波未平一波又起，在前浪與後浪的進退之間，我對好些舊人舊事以至舊制度舊氣氛，始終緬懷、始終依依。大概當年是不長進的學生，到今天合該是個不長進的老師，授課時總不忘跑跑野馬，倘能在課上遇上一兩名愛聽題外話的不長進學生，多好。

七十年代在新亞書院讀書的雷競璇二〇一三年在《信報》也寫過回憶牟老師的文章，說「牟先生說話緩慢，上課不帶書本或講義，相當天馬行空……因為時間充裕，牟先生不時發點題外議論，雖然點到即止，但不少卻在我的記憶中留存下來」，大概與我所見相同，感受也居然相近，看來愛跑野馬的老師都受學生歡迎。我而今年過半百，才在半塵封的回憶中整理出一點點對改換「兒」字的粗淺看法，給牟老師呈上這份遲交的回憶功課，也不知老師會給我打個甚麼分數。牟老師當年就曾給雷競璇的「歷史哲學」考卷打個「甲」等，在發還試卷時卻說「現在的大學生，中文寫得愈來愈糟糕，寫得好一點的，已得甲等」，寓貶於褒，雷競璇說只好心裏苦笑。其實雷學長也不必心裏苦笑，牟老師法眼無邊又心細如髮，連類似「蓉兒」的語言問題都留意得到，反正在老師心目中我們都是「璇仔」「璋仔」；老師的評語中既有一句「寫得好一點的」，那該是學生最大的榮幸了。

跑野馬——從暗飛到發射火箭

好多年前我在〈樊善標暗飛到香港文學館〉説樊兄的《暗飛》「以創作成果重塑現當代詩歌真貌」，講的是事實。

還記得，當我第一次捧讀《暗飛》時，就好像遇上了知音，而且有點感動。「感動」的背景或原因不但曲折，而且相信也是很「個人」的：我大概在一九九八年開始攻讀博士學位，當時談現當代文學的學者大都不談舊體部分，鄺健行老師卻指導我向這方面研究，認為可補學術空白，有意義。二〇〇二年我以論文「現代新詩人舊體詩研究」取得博士學位，當時做的結論其實一句簡單話就講完——現當代文學不等如新文學。而論文以詩歌為切入點，無非因為舊體詩在現當代仍然「不死」，而好些寫新詩的人又同時寫舊體詩，看似矛盾但又統一，是論證「現代文學不等如新文學」的上佳例子。今天再回看十多年前所做的結論，固然已是老掉牙的陳腔。近年出版的《香港文學大系》已為舊體文學開列了專卷，而各地研究者的觀念也有所改變，現當代舊體文學的專論，一天多似一天。回想二〇〇七年一月參加香港中文大學主辦的「中國現代文學國際研討會」，我以〈林屋山民送米圖卷〉上現代作家的新舊兩體題詠為例，稍作論證，目的是要說明，現當代文學只包括新文學的觀念並不全面，也不符合客觀事實。研討會上兩位學者異口同聲提出反對，均認為現當代文學不應討論舊體，我連忙追問理由，而得到的回應是「冇人咁樣講現代文學嘅」及「對，沒這個講法」。

二〇〇六年出版的《暗飛》我是在「冇人咁樣講現代文學」之後才讀到的。書中的詩作以時序先後排列，而特點是新體詩舊體詩交錯排列，充分體現了作者在新舊詩體間自由的、自覺的選擇。〈約克和愛倫〉是新詩，〈荷塘漫作〉則用舊體，作者能按個別主題的特點、傾向與需要，選擇最適合的文學載體去表達。記憶中，金克木的《掛劍空壟》也是新舊體同刊的詩集。我常自恨不懂寫新詩，但樊兄新舊體既兼擅兼優又兼容，《暗飛》中的作品就是有血有肉的事實。自此但凡有人說現當代文學只包括新文學，我會放棄重申個人的論文觀點，而只會冷靜地請對方回去好好讀一遍《暗飛》。說到底，這其實就是「事實勝於雄辯」的道理。我花幾年時間做出來的結論，任何人都可以反對——反對得有沒有理由，已是另一回事。但《暗飛》所展示的是一種既成的事實，你可以故意忽略它或刻意繞過它，但不可能反對它，更不可能消滅它。我認為這是樊兄高明之處，而且一廂情願地認為他與我有着相同的文學觀，而《暗飛》正是暗中為我「助拳」、暗中為反對者製造「難題」的作品……。主觀聯想作祟如此這般愈想愈逼真，因此而暗爽了好長的一段時間。

二〇一五年中文大學辦文學夏令營，樊兄約我到校以「文學越界」為主題，為營友做點分享。記得到校那天，天氣大熱，樊兄專誠開車到火車站接我，我們還先到大學半山處的小餐廳喝咖啡談天。活動完了他又開車送我下山，管接管送，十分周到。那天我講的「越界」強調作者在「越界」前要先知道「界」在何處，對「越界」的成果反而談得不多，算是「保守派」立場。後來反思覺得如此分享可能違離了主辦單位的原意，講完之後好幾個月都不能原諒自己。至於第一次與樊兄合作，年份倒忘記了，依稀是在政府某圖書館的活動室談閱讀。我們各佔一半時間，各自發揮。他手持一本拿掉了封面的書向現場人士講故事，講到引人入勝之處，聽眾不停主動追問那是甚麼書，他才施施然套回封面：原來是「麥兜」。他在最新的散文集《發射火箭》中有一篇〈上課氣氛——自說自話的教授〉，自謂上課若論互動和歡樂，「膽敢說當仁不讓於師」——以我當年親身所見，確是事實。

《發射火箭》，重燃了當年讀《暗飛》的好些感覺，理性與感性上都得到無限支援，感覺上一點都不孤單。畢竟，我和樊兄共同關注的人和事特別多，讀他的文章，處處都起共鳴。他寫才女張紉詩、寫長洲宜亭；我在〈那一亭詩意〉也寫過這爿面海的小亭。八十年代我大專剛畢業，有幸與風遠樓主李鴻烈先生共事，李先生給我講過若干女詩人的往事，好動聽。後來讀董橋的文章，知道他曾在宜樓讀書寫字，羨慕得不得了。一次有緣讀到張先生在便箋上題寫的〈苦蠅〉，書法好詩句好意境好，一讀就忘不了：「竹絲簾縫瀉秋光，纔伏詩魔返睡鄉。蠅似客愁揮不去，未成歸夢又斜陽。」連莊周的蝴蝶都要給比下去。張先生當年的未成歸夢，卻隱約補綴在樊兄的〈分寸感之再迷惑〉之中：樊兄說張先生曾在夢中跟他提及遺作《張紉詩詩集》卷四。低徊妖夢，不勝惘惘，我也曾做過類似的夢，與樊兄同樣是「一點都不覺得害怕」。二〇〇九年曼殊在夢中說我把他的翻譯集出版計畫耽擱得太久，我一覺醒來知道必須盡快完成此事，同年即安排在北京出版了《曼殊外集》，總算了結一件心事。〈分寸感之再迷惑〉旁涉書生獵書傳奇的部分我讀得尤其起勁份外投入——「一時俊物走權家，容易歸他又叛他。開卷赫然皇二子，世間何事不曇花」——我在〈曇花雜錄〉也寫下了若干拍賣場上的書緣與軼事；有得，也有失。樊兄關注語文，〈語文人生活〉分章分節細論字詞用語；我也寫過〈咬文嚼字〉、〈瘋癲的文字〉及〈給偉大的校對工作者〉等討論語文問題的文章。在「關注語文」這回事上，我們都是「書生本色」，引經據典，以澄清文誤為己任：他說「慘綠少年」和「死飛仔」「老泥妹」完全不是同一回事；我在〈「寄塵」都不是開玩笑的〉也說過：「慘綠少年」一旦成了尖東海旁「金毛阿飛」的代稱，就自然想不起那風度翩翩、意氣風發的青年才俊杜黃裳了。談寫作的文章我寫過〈談寫作的誠〉、〈發表與創作〉，成書者有《規矩與方圓》；樊兄是作家，當然也談寫作，長文〈與中學生談散文創作〉就廣涉寫人、寫景、說理、修辭等幾個重要範疇，寫得深入淺出、實用，實在無妨刪掉題目中「與中學生」四字。此外，樊兄喜歡把研究對象寫進散文，如張紉詩、十三妹；我也是同樣喜歡享受這一點點「反叛」，喜歡在研究與創作之間嘗試「越界」，所以我愛在散文中寫蘇曼殊、柳亞子、鄧爾雅，近年則愛寫唐滌生、十三郎。樊兄有一個「十三妹」，我有一個「十三郎」——這些別人看似是微不足道的穿鑿或巧合，卻足以令一個聯想力豐富的人明白甚麼是文學因緣。至於〈烏溪沙的海〉提及那道海濱長廊，我家就在附近。對，我曾在某個晚上，在這長廊上與樊兄迎面相遇。都是晚飯後散步的中年書生，又閒散又浪蕩：相遇，握手，問候，話不多，都靠心照；然後互道「保持聯絡」，萍聚，又雲散。

說「心照」不是信口胡謅的：二〇一八年我與人合編散文合集《香港・人》，樊兄應邀為文集寫的〈（重畫）母親不肖像〉，我行使編輯特權得先睹之快。從文章知道樊老先生離世，樊老太的生活起了很大的變化。樊兄是兒子是局中人，又同時是作者是旁觀者，兩個身分把親情和心情都寫得異常真切又異常冷靜，此文業已重刊於他剛出版的散文集中。只是連日帶病看書，總提不起精神仔細核對《香港・人》與《發射火箭》所載的兩個文本到底有沒有不同，只好暫時擱下——讀樊兄的書，要細讀，只因他也細讀我的書。前此寄呈《艤舟集》請他指教，他讀後即給我電郵，提出書中案語兩處不恰當的地方，言之有理，令人佩服。二〇一八年文學雜誌《字花》第四十七期改版，編輯黃怡小姐約稿，希望我能就散文的虛構元素寫一篇文章，我寫了〈虛構與撒謊〉，嘗試理清散文中虛構與撒謊的界線。卻原來編輯同時約了樊兄的稿，他在〈散文文類真實性之源〉中說：「如果現代的小說以虛構為再明顯不過的標誌，『本色』的散文最好反其道而行。」其實，樊兄的散文一向以來都非常「本色」，正因如此，多讀他的散文才會明白兩個中年書生在海濱長廊上「話不多，都靠心照」，是有可能，而且是有根據的。

只是不知何故，〈散文文類真實性之源〉並沒有收錄在《發射火箭》裏。這篇「集外」之文其實可以幫助讀者了解樊兄的「散文觀」，據此再讀其散文，更易於心領神會。當然，作家對個人文集的安排心思，往往是出人意表的。比如樊兄說許迪鏘先生答允為《發射火箭》寫序，他因此就有了與伍淑賢小姐同等的待遇——箇中的類比關係真是又間接又風雅，完全是《世說新語》那個年代的思維。許先生亦不負所託，序文談創作的部分固然又詳盡又仔細又到位，偶涉二人交往的片段，亦別具情味。這也是許先生的真我表現。在二〇一七年六月談論淮遠詩文的分享會上，許先生就不由分說，拿出一個又一個的瓷娃娃，放滿一桌，還笑嘻嘻地細說哪一個是淮遠送他的，又哪一個是自己最喜歡的。總之是報紙包報紙報紙包盒又盒中有盒，一層又一層，開完又開……像心事，更像遠年舊事……。鄧小樺小姐當主持，氣定神閒，放乎中流任其所之，還不停叮囑他小心輕放，不要摔破。淮遠先生旁觀，微笑。

怕先入為主，許先生為《發射火箭》撰寫的序文我是讀畢全書才敢細看，作者的後記反而是偷步先看了。樊兄在後記說十幾年前出版的散文集

《力學／〔一〕》在書店給誤置於科學類，而新作《發射火箭》「亦有機會躋身實用科學或技術類」。其實，倘若把《香港官民關係》誤置於「武俠小說類」而能引起當政者或小市民一點點的反思，類似的錯誤分類，看來還是有其正面意義的。

叫賣留聲

有叫賣糕者，聲甚啞。人問其故，曰：「我餓耳。」問：「既餓，何不食糕？」曰：「是餿的。」（兩曰皆低聲而說）

——〔明〕浮白齋主人《笑林》

李學銘〈市聲禮贊〉把「叫賣」這回事定義得精確妥貼：「叫賣，是招徠顧客的手段，是市聲的一種。商販張大喉嚨，或吆喝，或長吟，目的在引起人家的注意。」二〇〇六年老北京的「叫賣」已列入北京市崇文區非物質文化遺產名錄，算是「民間音樂」。當地還成立了「北京京味叫賣藝術團」。老北京的「叫賣」實際上已沒有實用的功能，卻來一個華麗轉身，淪落成為「藝術」。生活中有不想要的東西，不妨就把它放到藝術堆填回收站去。說叫賣是藝術那該是「生活的藝術」，那些舞台上或集團式經營的所謂廟會中的叫賣只是特約表演，與真正生活沒有多大關係。

老一代的香港「叫賣」自生自滅，倒慶幸尚未列入「世遺」，也尚未正式給丟到藝術堆填回收站去。也許，叫賣尚能為參選政客賣力：競選前各政黨幡旗如海，擴音器傳來陣陣叫賣聲——賣福利、賣承諾、賣保障……要甚麼有甚麼、要甚麼就賣甚麼、賣甚麼就叫甚麼。互參《韓非子》收錄中國最早的「叫賣」名篇：楚人有鬻盾與矛者，譽之曰：「吾盾之堅，物莫能陷也。」又譽其矛曰：「吾矛之利，於物無不陷也。」方信叫賣既源於誇張，也源於矛盾。

每當香港需要「維穩」的時候，就會有人出來重唱一遍「香港是我家」的老調。號稱「歌神」的許冠傑在九十年代唱的〈同舟共濟〉明明說「香港是我家，怎捨得失去它，實在極不願，移民外國做遮菜斟茶」，許先生一曲唱罷便已飛到美國生活，在彼邦生活的歌神肯定不用遮菜斟茶，偶爾回港開腔獻藝又怎會把香港當作是「我家」？許先生清醒，講一套做一套不是言行不一前後矛盾而是靈活變通。說香港是這類人的職場或辦公室，也許更符合事實。當然，唱詞也不必太認真看待，隨口唱唱動聽就好，相信與否向來都是貴客自理的。說是言者無心聽者有意或襄王無夢神女有心，都可以。一眾高官常說要把香港打造成國際城市或國際大都會，但到了要玩弄感情的時候卻又不厭其煩地強調「香港是我家」，老調唱得多聽眾信以為真，部分市民認真起來還要躬行實踐，而教育、就業、居住樁樁件件都是可大可小而且是最煩人的「老大難」家事，單說最基本的「安身」問題就生者難求四壁死者難求寸土，對「我家」的最起碼要求居然變成了最遙遠的神話，最遙遠的神話慢慢變成了謊話。

明代浮白齋主人在《笑林》寫一名小販明知糕點已變壞連自己都不會吃，卻還在街上叫賣招徠，真的既可笑又可恥。賣糕小販回到家中總不成讓家人吃餿糕點，外人可就不同了，尤其買賣事涉商業行為，大可以明正言順地說「一個願打一個願挨」，誰也沒欠誰，商業思維可以把所有事情簡化至只剩下利益和交易。政府天天在叫賣，賣教育、賣房屋、賣環保、賣基建、賣政改，當中有多少是已經餿壞了的糕點？但看那幫官員不敢吃甚麼就自然心領神會。當大部分官員的子女都不在港受教育，當大部分官員都為自己安排好移民的後路，當大部分官員都不住在新起的堆填區附近……你就會知道他們在鏡頭前的叫賣聲是多麼虛偽，對這幫人來說，香港的一切都只是待賣的一盤餿糕，自己和家人一定不會吃卻要百計千方要說服別人吃——高聲叫賣——因為說服別人吃這塊餿糕，是他們的工作，現在還趕潮流地說這是「使命」或「初心」。

香港賣粉葛的小販，喊起來一定要喊賣「實心藕」，不許喊「賣——葛」。這是因「葛」字的本地音讀起來與「God」相似。「上帝」怎麼可以隨便沿街出賣？洋人聽了非常不高興……

——葉靈鳳〈香港的「一歲貨聲」〉

葉靈鳳應算是最早寫老香港叫賣聲的作家，他在〈香港的「一歲貨聲」〉中說「香港的小販雖然多，可是對於自己貨物的叫賣方法卻非常忽略，叫賣的聲調和詞句也很單調」，是事實。他講老香港的叫賣粉葛的掌故講得挺有趣。可是我卻懷疑：「葛」與「God」讀音相近，那麼「賣」與「My」不正是同音嗎？把「賣葛」誤聽為「My God」錯得既有道理又有趣味，外國人也許不致於太不高興，他們不也是天天都在高喊「Oh My God」的嗎？

回想七、八十年代香港確曾有過「賣God」的舊風景，賣的不是實心藕而是「財神」。「賣財神」是小孩子在大除夕向人家討紅封包的活動。他們挨家挨戶叩門並大喊「財神到、財神到」，如果戶主開門，小孩子就會遞過寫上「財神」二字的小紅紙，意思是把財神、財運送到戶主的家；討個吉利好意頭。戶主接過「財神」通常會給個紅封包或給些零錢，小孩子就一溜煙地跑去敲另一家的門。我教中文幾十年，回憶時嘗試以己度人又倒果為因，總結得出「賣財神」和「教中文」雖算尸位卻絕對不算素餐——靠的始終是實實在在的叫賣語言能力、書寫文字功夫和一點點面對陌生人的膽量。「財神」沒有定價，給多給少沒所謂，貧窮年代草根孩子掙到丁點零錢已經滿足得不得了。為了先佔「商機」，通常「年三十」的中午就開始有孩子賣財神，走廊長巷處處都能聽見叩門聲和「財神到」，叫賣聲此起彼落。剛接過了「財神」，不一會又有另一批「財神」叩門，真的應接不暇。當時少不更事向着門外大叫「唔要喇，唔要喇！」母親卻說財神臨門怎可以說「唔要」，應該說「有喇，有喇；已經有好多喇」。

> 賣硬麵餑餑的人極為可憐，因為他總是在深夜裏出來的……這位小販，卻在胡同遙遠的深處，發出那漫長的聲音：「硬麵……餑餑喲……」我們在暖溫的屋子裏，聽了這聲音，覺得既淒涼，又慘厲……。
>
> ——張恨水〈市聲拾趣〉

鍾曉陽在〈販夫風景〉中把叫賣聲描摹得具體生動：「只要是夏天，『豆腐花』的吆喝聲便一路路熾熾烈烈要斷不斷地，坡下喊到坡上，然後又一跌一宕地滾回去。」這「吆喝聲」我也曾聽過，重讀鍾曉陽的文字，思緒真能隨着這「吆喝聲」一跌一宕地蕩回那泛微黃的歲月去——我在〈香港飲食雜詩〉也寫過街頭熟食小販的叫賣聲：「檢點童年夢有憑，香荷軟糯熱騰騰。寒風子夜天如墨，聽取街前喊裏蒸。」那氣氛大致與賣硬麵餑餑相類近，可現實中的「喊裹蒸」一點都不淒涼也不慘厲。喊法一般是在「裹」字後作一頓，「蒸粽」二字連讀——「裹——蒸粽」，聽起來反而感到帶點兒囂張帶點兒神氣。喊「裹——蒸粽」可以在寒夜喚起一絲暖意。小孩子會探頭外望，循叫賣聲一路追溯，總會瞥見幽暗的街角有一輛木頭手推車，蒸煮粽子的大鍋鍋邊濺溢出暖暖的白煙。鍋邊一般都亮着一盞小黃燈，昏黃的燈光可以把人影照得昏亂幢幢。路過的夜歸人最難抗拒「裹——蒸糭」的誘惑：分明已是匆匆地走過了，卻又給喊回頭。漸漸，好幾個夜歸人就聚攏到手推車前。小販揭開又大又圓的白鐵鍋蓋，白蓮花似的一大朵蒸氣白煙一下子冒湧起來。

菜市場上較常聽到的報價式叫賣是「十蚊三個、十蚊三個；賣埋佢」；策略是自賤其貨，以廣招徠。年宵市場傳統上叫「唔買都埋嚟睇吓」或「埋嚟睇埋嚟揀」，強調公平強調自由，務求引起路人注意。小時候住在公共屋邨，慣聽直挺挺的「衣裳竹」、軟棉棉的「豆腐花」、甜絲絲的「白糖糕」、熱呼呼的「糯米麥粥芝麻糊」和冷森森的「磨鉸剪鏟刀」；全是活生生的叫賣，都親切。叫賣聲穿過長長的走廊，帶點回音，我幾乎是以為真的聽得到城市的心跳。慣聽叫賣聲的同輩人從不抗拒馬師曾的奇特唱腔，因為馬腔中刻意誇張地「吔吔吔吔」的特點正是模仿涼果小販的叫賣聲：鴨叫似的嗓音又乾又響，帶點傖俗市井氣，不細緻卻很有親切感；勝在嘹亮、勝在率直。經典粵劇《馬福龍賣箭》搬演一分錢難死英雄好漢的故事叫人愈看愈難過。馬福龍為了生計上街出售家傳寶箭，先在場內唱兩句首板，甫一出台就高聲叫「有箭出」三字；就是「賣」字叫不出口。幾經掙扎，取巧叫一聲「有箭出讓」，卻無人問津；才無奈改叫「有箭出賣」。看來一個大男人為衣食在街上叫賣要叫得理直氣壯並不容易，你看楊志落拓在汴京城街頭賣刀只是「當日將了寶刀插了草標兒，上市去賣」，也不放聲叫賣，難怪「走到馬行街內，立了兩個時辰，並無一個人問」。再看秦瓊在潞州窮途賣馬亦只是「顛倒走了幾回，問也沒人問一聲」，同樣是英雄氣短，叫不出口了。

酒矸倘賣無酒矸倘賣無，酒矸倘賣無，酒矸倘賣無。多麼熟悉的聲音，陪我多少年風和雨。從來不需要想起，永遠也不會忘記……

——侯德建〈酒矸倘賣無〉

「叫買」剛巧與「叫賣」相對相反，但目的和效果卻一致：「收買爛銅爛鐵。」那時候拿些破鐵罐爛銅勺可以跟「收買佬」換些麥芽糖餅乾或糖果；感覺上像摸獎，要碰運氣，滿有神秘感。一九八三年台灣電影《搭錯車》「叫買」叫得響亮叫得有震撼力，電影風靡一時：說養女誤墮合約陷阱失去自由；啞巴養父吹瑣吶撿破爛勞苦一生，臨終還見不到養女最後一面。這種故事在今天不算老套也該算煽情，但那個年代的觀眾思想單純感情豐富紛紛起了共鳴，電影賣座賺了香港人不少熱淚。電影主題曲〈酒矸倘賣無〉更紅遍港台。閩南話「酒矸倘賣無」就是「有空酒瓶賣嗎」的意思；是台南撿空瓶子、收廢品的人的「叫買」慣用語。台灣女歌手蘇芮用高亢而略帶歇斯底里式的吶喊腔調演繹「酒矸倘賣無」，歌詞中自然順溜地嵌入「叫買」聲真的叫得蕩氣唱得迴腸。當時街頭巷尾男女老幼都會哼這「叫買」名句。

叉燒包，誰愛吃剛出籠的叉燒包？誰愛吃剛出籠的叉燒包？還有那蓮蓉包呀、豬油包呀、魚翅包……

——盧國沾〈叉燒包〉

「那些年」上茶樓，賣點心的會在大堂上高聲叫賣，氣氛熱鬧。徐小鳳主唱的〈叉燒包〉開腔就是「誰愛吃剛出籠的叉燒包」，歌詞中歷數各種包點的名稱，完全是舊式茶樓的叫賣口吻。叫賣點心也有規律可尋，通常是「蝦餃」

和「燒賣」一組，「叉燒包」和「雞包仔」又是另一組，「鮮蝦銀針粉」跟「臘味糯米飯」是一組，「春卷」和「鹹水角」又是另一組；一般不會「越位」。蝦餃較受歡迎，很快售罄；但員工還是高聲地、慣性地叫「蝦餃、燒賣」，虛位以待才不會亂了叫賣的節奏。叫賣點心後來都改為「靜態展示模式」：在手推車上插上一塊塊點心的小墓碑。

打起黃鶯兒，莫教枝上啼。啼時驚妾夢，不得到遼西。

——〔唐〕金昌緒〈春愁〉

汪曾祺在〈胡同文化〉中談到的「驚閨」正是「十幾個鐵片穿成一串，搖動作聲」的響器，作用其實等同於叫賣。「京城叫賣大王」臧鴻九歲就在街上賣報維生，向批發商賒來的二百份報紙賣了好幾天都沒賣完。一位好心的老行尊教他沿街叫賣，事隔約七十年了臧鴻還記得清清楚楚：「你得憋足勁兒，拉長音，隔着兩層院子都能聽見……。」生活中有這樣熱鬧的響聲和雄渾的叫賣聲，連唐代閨中少婦的遼西美夢都可以驚醒。

說叫賣聲驚閨擾夢雖有道理，但我們的城市是否真的需要叫夜鷹不要咳嗽、蛙不要號、蝙蝠不要飛？其實好夢從來易醒只緣夢好，非關叫賣、非關鶯啼。深閨少婦遷怒於枝頭上幾隻黃鶯兒，是合情多於合理：幾隻被丫鬟姐打起的黃鶯兒，叫聲嚦嚦卻未免微弱；實在不可能隔着兩層院子都能聽見。

> 春寒料峭，女郎窈窕，一聲叫破春城曉：「花兒真好，價兒真巧，春光賤賣憑人要！」東家嫌少，西家嫌小，樓頭嬌罵嫌遲

了！春風潦草，花心懊惱，明朝又嘆飄零早！

——劉大白〈賣花女〉

閒園鞠農《一歲貨聲》的「凡例」徹頭徹尾是一篇精緻的抒情小品：「風景不待十年而已變，至今則已數變矣。往事淒涼，他年寤寐，聲猶在耳，留贈後人。」往事，也許未必盡屬淒涼，但真正屬於生活的叫賣聲大概只屬於個人回憶長巷中的「那些年」，到了「這些年」耳根似乎異常地又反常地清靜。連樓上住客在家裏走路發出聲音都可以遭投訴的「這些年」，這城市又怎容得下、又怎禁得起深巷傳來的一聲叫賣。賣花女嘹亮的叫賣聲可以叫得破春城曉，料峭春寒中遇上的投訴都只不過是「東家嫌少，西家嫌小，樓頭嬌罵嫌遲了」——從沒有「嫌吵耳」的。

瓦上霜融錄

「閒情」抽象，具體說就是有管閒事的心情。閒事多與己無關，也不一定與世道人心大有干連。管閒事純為自我滿足，不打擾不影響別人就好。讀書之所以可寄閒情，正因為書中閒事特多，有閒情而又好管閒事者，應多開卷。比如近年忙中讀書，就專愛管作品中與名字有關的閒事。

命名事大，卻不一定要嘔心瀝血選字鍊詞，有時順手拈來，效果一樣不俗。讀魯迅小說每見「六斤」、「七斤」、「九斤」等名字，樸實土氣，卻又十分貼切，是文學作品中「刻意」的順手拈來。書聖名帖的名稱也算得上順手拈來，《十七帖》是王羲之的草書代表作，是一輯寫給周撫的書信。《十七帖》是匯帖，現在能看到的都是刻本，全批作品其實有廿多封信，只因第一帖起首二字是「十七」而得名；名帖「名不副實」，後人顧名思義一定易鬧類似「八大山人們」的笑話。《十七帖》中的〈郗司馬〉、〈逸民〉、〈龍保〉等廿多帖，都是從原札中擷取三兩個字而定名，命名方法跟《詩經》等古詩一樣，跟我們熟悉的〈背影〉或《家春秋》大不相同。作品題目太具體不免破壞閱讀興味，曖昧則似乎更耐讀，閒時無聊邊想邊讀，別有會心。像〈天鼠膏〉一帖就非常耐人尋味，原札是「天鼠膏治耳聾有驗不有驗者乃是要藥」十六字，「天鼠」未知是否就是指蝙蝠，王羲之強調「有驗者乃是要藥」也未知是不是自用，從題目以至內文都迷離撲朔，可供作家附會，亦可供讀者託寄閒情。

一位性格率直可愛的作家朋友，在電子社交媒體上公開說從來不讀以英文字母代替人名地名的文學作品。傳統戲曲習慣上丫鬟多喚春香狸奴，家丁每叫張千李萬，都比英文字母好。當年剛出道的薛覺先在「寰球樂」戲班當次要演員，宣傳街招和戲班劇刊上都沒有他的名字，他在《三巧蛾眉》中飾演書僮，雖名喚「甴甲」好歹能帶點惹笑趣味。類似「A在B城遇上了來自C國的D，E和F都沒有想到A會就此愛上了D」的句子，讀起來確實有點「疏離感」，代數公式似的句子，讀者實在不易投入。散文寫實，當中的人名地名儘可以「如實報道」，小說則人與事都或虛構，部分人名地名也要配合虛構，長篇小說人物眾多，要為角色一一起名，亦頗費心思。雖說名字只是個符號或代碼，但文學畢竟是經國大業不朽盛事，用心為角色起一個恰當的名字，既是作者的責任更是藝術的需要。金庸肯為角色名字花心思，舊版《倚天屠龍記》的「殷利亨」，後來給改訂為「殷梨亭」，肯定是為了配合其餘六位同門的名字。過遠橋而泛蓮舟，攀岱巖而濯松溪，賞翠山歇梨亭而嘯聲谷；既秀氣又具畫意。舊版《天龍八部》的「王玉燕」，後來給改訂為「王語嫣」，難怪段譽連忙誇讚「妙極！妙極！語笑嫣然，和藹可親」。

清代魏燮均的〈偶書絕句〉寫得又妙又玄：「前世焉知我是誰，無名無姓渺難追。今生我既知為我，未必來生我自知。」同樣寫「無名無姓」，明末清初李清的《歷代不知姓名錄》成書角度偏鋒，全書專門記錄歷代的「無名氏」。主流歷史書、寫實傳記都記有名有姓的人，李清別走蹊徑，為歷代無名氏記上一筆，確是有心人。歷史，以記有名有姓者為主，這恐怕不直接等如「過去」，因為「過去」的日子中，不知姓名的人肯定佔絕大多數，歷史所記的只是「過去」的一個很小的部分。就因為不知姓名，這大批人就成了歷史焦點以外的「過去」，即使李清細心，發現有好些不知姓名者給寫進了歷史，但這批人都只是某個大時代或大皇朝的特約演員、背景或佈景，像大合照中站兩旁或站後排的人，但這大批人確曾真真實實地存在過，也真真實實地有名有姓——只是我們不知道而已。想起在文錦渡附近的沙嶺公墓，那裏的墓碑都無姓無名，只有字母和編號，葬在公墓內的都是無人認領的屍體，但他們也確曾真真實實地存在過，也真真實實地有名有姓——只是我們不知道而已。

《歷代不知姓名錄》原已收入《四庫全書》，但乾隆抽查時發現李清的《諸史同異錄》「妄誕不經」，於是下令禁毀「四庫」中所有李清的著作。看《清代禁書知見錄》，此書的十卷傳抄本及十四卷舊抄本確在禁書之列，現在能讀到的是北京圖書館庋藏的民間抄本；不無巧合，抄存這份孤本的人同樣不知姓名。我最初接觸此書是為了查考周作人打油詩中的「李和兒」。我讀周作人「燕山柳色太淒迷，話到家園一淚垂。長向行人供炒栗，傷心最是李和兒」，對末句的「李和兒」產生興趣，追溯一下，原來典故出自《老學庵筆記》，但「筆記」也沒有記載李和兒子的名字，但既然是李和的兒子，合該姓「李」。

最後在李清的《歷代不知姓名錄》中看到與「筆記」相若的記錄；李和兒既然已列入「不知姓名錄」，好管閒事如我者，大概可以死心了。《歷代不知姓名錄》收錄範圍以廿一史為準，凡例更鄭重說明「小史所載如崑崙奴、古押衙、紅線、車中雙鬟諸女子皆無稽，故不錄，只摘其事關大節者量摘之」。所謂「小史」，指的大概就是稗類小說或戲曲傳奇一類的文藝作品，李清認為無稽而不記錄的，卻正正是我最感興趣的部分。事實上，在文學或藝術的國度裏，不知姓名的角色多的是，他們雖然沒有在歷史中真真實實地存在過，當然也沒有真實的姓名，但卻為故事情節添彩加色或推波助瀾，應該得到重視。《倚天屠龍記》中那位「風姿綽約，容貌極美，只是臉色太過蒼白，竟無半點血色」的黃衫少女身分神秘武功深不可測，自謂「小女子幽居深山，自來不與外人往還，姓名也沒甚麼用處」，金庸明白讀者都愛管閒事，安排史紅石當眾叫她一聲「楊姐姐」。至於《霍小玉傳》裏頭另一位「衣輕黃紵衫，挾弓彈，丰神雋美，衣服輕華」的黃衫客，挾負心漢李益返勝業坊見苦命人霍小玉，功德無量，可惜蔣防沒有為他起姓安名，殊令後世讀者悵惘。查晚清陳季同以《霍小玉傳》為藍本寫成《黃衫客傳奇》，陳氏筆下的黃衫客是曾為霍家先祖排難解紛的大恩人，同樣不具姓名。此書以法文寫成，一八九一年在巴黎出版，算是一部關於黃衫客的域外「小史」。二〇一六年古兆申改編的崑劇《紫釵記》杜撰出劉公濟奉皇命喬裝黃衫客偵查盧太尉弄權通敵的新情節，無名俠士至此正式有名有姓，可惜黃衫俠客一旦變成了便衣特務，不無滑稽。一九五七年由唐滌生改編的粵劇《紫釵記》，則安排霍小玉在崇敬寺佛壇前問「壯士，請留下尊姓大名」，卻又同時安排黃衫客答「所謂人無天性何必有姓，士無美名何以留名。總之世上無名客，才是天下有心人，問俺則甚」，十年後「御香梵山」把首兩句唱詞改為「出門贈百萬，上馬不通名」，觀眾都幾乎忘了這位純屬虛構的唐代黃衫客所說的新對白，其實是八百年後明末清初陳恭尹〈游俠詞〉中的句子；時空錯亂，唯俠氣依然。唐劇中的黃衫客真正身分既是唐滌生虛構的「四王爺」，是李唐時代的王爺，貴胄王親，如此說來，黃衫客合該姓「李」。

所謂閒情，就是在忙於自掃門前雪之時，尚有閒心抬頭望一下鄰街廣廈飛簷上的積雪，關注的雖屬閒事一樁而要管也實在無能為力，只是每當日影移照到簷角上，暖和的陽光融化了瓦上厚厚的積雪，水滴簌簌而下——看着看着，居然滿心歡喜，大概就是時下所謂「療癒」的感覺。至於閒來讀書，為作品中某幾個角色追尋名姓肯定事涉無聊，在乎的，每每是連原作者都懶得理會的瓦上霜。

鄉音六記

一

八十年代中國電影《鄉音》百看不厭。張偉欣飾演的陶春嫁雞隨雞對丈夫百順千依，常對丈夫說的那一句「我隨你」是李白筆下的楚山雲、秦山雲，處處長隨君。說「我隨你」不管是哪一處的鄉音都動人、都動聽。我深信把這齣電影改為任何一個方言版本都會成功。故事結局說患肝癌的陶春希望到山區外看一趟火車，卻等不及通向火車站大橋落成的日子；丈夫體貼，用單輪木頭車推着妻子翻山越嶺繞道去看火車，圓她心願。兩口子在崎嶇的山路上恩恩愛愛說說笑笑緩緩走進淡墨山水中，尾聲臨近畫面遠處傳來陣陣火車聲：轟隆轟隆戚卡戚卡……老舊火車也有不變的鄉音，聲音親切，誰都認得，誰都聽得懂。八十年代香港的九廣鐵路已開始「電氣化」，月台上傳來的同樣是轟隆轟隆戚卡戚卡的老調，陶春聽了都一定認得出那是火車不變的鄉音——變的只是車廂內的廣播。現在千禧年代車廂廣播已是兩文三語幾個版本一而再再而三地重複着信息：「請小心空隙並留意月台與車廂地面嘅高低」、「請小心空隙並留意月台與車廂地面的高低」、「Please mind the gap and be aware of the difference in levels between the platform and the train」，粵普英三段話連在一起成了余光中筆下的「記憶」——像鐵軌一樣長。

二

《葆光錄》卷二説陸龜蒙在吳中曾為一隻鴨子抱打不平，要告發用彈丸打死鴨子的宦官，為鴨子討回公道。陸龜蒙作供時説：「某養此鴨能人言，方欲上進，君何殺之？」宦官一聽方知惹下彌天大禍，連忙以名貴銀盞賠償，息事寧人。殺鴨官司暫告一段落，宦官驚魂甫定，追問上貢給皇帝的鴨子會說甚麼話。陸龜蒙施施然答道：「教來數載，能自呼名爾。」「能自呼名」在故事中是「可笑」，在現實生活中卻是「可貴」。鴨子能存天籟，千百年來任你改朝換代任你南腔北調又任你時移世易，牠都是堂堂正正地自呼為「鴨」（粵音 aap3）。鄉音無改，兒童相見不相識只緣老人家容貌陌生，笑問「客從何處來」也許還是操本地鄉音，老老少少聽起來倍感親切。在語言問題上談「本土」恐惹政治聯想，由「我城」的角度出發大概可以把問題看得簡單些直接些。像我這一輩的我城中人在語言使用上似乎從來沒有堂堂正正又大大方方地「呼」過。回歸前重視英文「鴨」要稱為「Duck」，回歸後重視普通話「鴨」與「鴉」（漢拼 yā）竟然同名。幸好語言口音改變只是我城中的「人事」，春江水暖，在河邊自在浮泳的始終不會自呼為「Duck」更不會自稱為「鴉」。

三

西西真有先見之明，在《我城》中早就說在這個城市裏腦子、嘴巴和寫字的手常會吵架：「在這個城市裏，當你的意思是指公共汽車，你說巴士；當你的意思指的是鮮奶油蛋糕，你說，鮮忌廉凍餅。」措詞如此，語音又何嘗不是。曾在網絡上瘋傳的「厚多士」（好多事）事件我城中人都一廂情願地以為是嘲笑當事人操不純正的廣州話，其實倒過來把這例子看成是嘲笑某人操不純正普通話，一樣可以而且一樣可笑；沒有哪一方可以佔便宜。更況我城中人向來擅於自嘲，城內早就廣泛流傳「不割痕身銀寒冇懶氣」（北角恒生銀行冇冷氣），像這樣的所謂「笑話」，與「厚多士」性質相差不遠。

四

二〇一四年總理李克強偕同夫人程虹在唐寧街十號與卡梅倫夫婦共晉下午茶，報道説用英語談天對總理夫婦而言完全是「小菜一碟」。據説總理在家總是用英語跟家人溝通，因此操練得一口流利英語。我城中人看見領導人以英語持家一定羨慕不已。回歸前我城中人連做夢都要講英語還要強調是不是牛津口音。回歸後卻要同時兼顧普通話還要強調地道不地道，感覺上多長三張嘴都不夠用。「兩文三語」不一定是優勢而可能是我城的局限或絆腳石：到頭來一事無成。當然，在家裏用甚麼語言溝通事涉家事內政，旁人置喙也許都要配合人家的語言頻道才行。能把運用英語或普通話炮製成「小菜一碟」是不少我城中人的夢想，最怕做夢時開口講錯「濕濕碎」，給一碟廣東小菜壞了好事。

五

在語言問題上，與其說香港是「我城」我寧願說香港是「我家」，因為在家裏誰都有絕對自由選擇採用哪一個語言頻度；選擇講英語講粵語講普通話，都行。在我家，談情和吵架都不能不用粵語。京崑雖好，英語歌劇也高檔，但始終及不上粵曲親切。授課像談情、聽課像聽曲，自然是粵語為優。唸唐詩讀宋詞也一定要用粵語。夢囈就更不必用英語或普通話了，反正是自說自話，枕邊人是否明白已不重要。朱舜水先生長期流亡日本精通日語，李大釗在〈朱舜水之海天鴻爪〉中說他病勢危急時忽然講起家鄉餘姚話，病榻旁的人都聽不懂。朱先生臨終之時也許只是用地道的餘姚話自豪地唸一遍自己的名字——取號「舜水」原因正是「敝邑之水名也」。朱先生從來沒有忘記他的「我城」或「我家」，包括他老家餘姚的丹山赤水，包括故鄉的親切口音，更包括那汩汩如悠久歷史的河流。

六

四面楚歌可以令楚營軍心渙散，足證鄉音力量不弱，容易打動人心。名將白崇禧深明箇中道理，特別重視家鄉方言。白將軍曾對家人子女下達將令：「不管你們在外面講甚麼話，回到這個家，必須講桂林話！」臺大外文系畢業的白家八公子白先勇到今天還挺自豪地說：「我會講桂林話，我們在家裏面都講桂林話。鄉音未改。」鄉音可以牽動鄉愁當然也可以慰藉鄉愁，余光中說鄉愁是一枚小小的郵票、一張窄窄的船票、一方矮矮的墳墓、一灣淺淺的海灣；其實鄉愁還可以是幾句貼心的故鄉方言。借用余先生〈鄉愁〉的說法，續貂的狗尾可以是：「你說搖頭，我說擰頭」或「我是大隻佬，你是大塊頭」。

愚人讀書雜記

談到「愚」，魯迅該是這方面的專家或權威。在創作上，他筆下的阿Q、孔乙己、祥林嫂、華老栓，無一不愚，而且愚得非常經典；此外，他出資印行過一部影響深遠的小書，此書絕對夠得上是「以愚攻愚」的經典。

民國三年九月在南京印行的《百喻經》卷末有附跋：「會稽周樹人施洋銀六十圓敬刻此經連圈計字二萬一千零八十一個印送功德書一百本……。」此書伽師那原著，南齊天竺法師求那毗地翻譯成漢文，共九十八個故事，多藉愚人癡事為譬喻，向無單行，魯迅在浩瀚的佛教經藏中鉤出此經，一九一四年九月捐款給南京金陵刻經處印行一百冊；此書自此獨立單行，流傳至今。

《百喻經》每則故事本來都附「教誡」，用以說明故事的主旨深意及宗教信息。

一九二六年王品青重新整理改編此書，刪去「教誡」，只保留故事部分，並易名為「癡華鬘」，由上海北新書局出版。魯迅對王品青的整理工作十分欣賞，在《癡華鬘》的題記中處處肯定王氏所作的改動。這篇題記後來收入了一九三五年出版的《集外集》，一九三八年呂叔湘、朱自清、葉聖陶合編《開明文言讀本》，心裁別出，選了魯迅這篇文言題記為教材。《開明文言讀本》是當年高中教學的參考讀物，三位編者選刊《癡華鬘》題記，眼光獨到，書中還細緻分析魯迅的文言與傳統文言的分別。當年的高中學生未知能否真正了解魯迅的文言風格，但對他推介的《癡華鬘》應該很感興趣。

「華鬘」是古印度人的裝飾品，以線貫穿花卉而成，多戴在胸前或頭上。以「癡」聯綴串合成「華鬘」，大概是愚癡故事集的意思。魯迅在題記中說「王君品青愛其設喻之妙，因除去教誡，獨留寓言」。王氏的做法是要去掉這批寓言的説教成分，像〈愚人食鹽喻〉，王品青只保留「昔有愚人，至於他家，主人與食，嫌淡無味，主人聞已，更為益鹽，既得鹽美，便自念言，所以美者，緣有鹽故，少有尚爾，況復多也，愚人無智，便空食鹽，食已口爽，返為其患」，刪掉「譬彼外道，聞節飲食，可以得道，即便斷食……」等十餘句「教誡」，讀起來故事的寓意依然豐富具體，卻又不只局限於外道斷食過猶不及的宗教信息。好文章都着重啟發，王品青刪去寓言故事的「教誡」，其動機、手段極具「接受理論」的味道。〈磨大石喻〉説某人花費許多氣力和時間，要把一塊大石磨成一隻玩具小牛。若不看「用功既重，所期甚輕」兩句評語，中國讀者也許會想到「鐵杵磨針」的積極寓意；中印寓言文本巧合互涉，亦甚有趣。由《百喻經》改編成《癡華鬘》，是宗教文獻蜕變成文學作品的典型成功個案。

通過讀故事了解甚麼是「愚」，比查閱工具書來得直接易懂。《康熙字典》解釋「愚」的意思：「戇也，闇也，蒙也，昧也，蠢也，鈍也，愗也，滯也，固也，蔽也，冥也。」十一個近義詞比不上一則虛構的故事。愚人癡事向來都惹人發笑，作者以故錯、歸謬或誇張等手法寫故事，讓讀者輕輕鬆鬆會心而笑——既笑別人，亦笑自己。我國經典中其實也有不少愚人癡事，都美其名曰「寓言」，如膾炙人口的「自相矛盾」、「守株待兔」、「刻舟求劍」、「掩耳盜鈴」、「拔苗助長」……。看何日何時由誰動手整理蒐集，也湊個近百之數，以「愚癡」為主題，與魯迅推介的《癡華鬘》合刊，中外愚人癡事匯集，蔚為大觀，相信一定受歡迎。一九二六年十二月魯迅在〈寫在《墳》後面〉提及「愚人」，行文語氣極富總結意味，對愚癡這回事，了解很深，感觸亦深：「然而世界卻正由愚人造成，聰明人決不能支持世界，尤其是中國的聰明人。」這番話說得異常真實，真實得使人既難過，又絕望。看來世界各國各族的所謂歷史都不過是另一個版本的《癡華鬘》，卷卷帙帙章章節節所記所寫不外是一眾愚人所做過的一些蠢事；而所謂在歷史中汲取教訓，亦無非在這些愚人癡事中淘取信息，而已。黑格爾說得吊詭，說歷史給人們唯一的教訓就是人們從不知道汲取歷史的教訓。《癡華鬘》的故事雖屬虛構卻寄寓了異常真實的教訓，細細品讀這九十八則愚人癡事，相信可以提升世人汲取歷史教訓的能力。

《癡華鬘》提到有一種稱為「阿伽陀」的「萬藥之王」，可解諸毒，能治眾病，但未知能否「醫愚」。讀宋代邱葵〈偶成〉：「風雨三間屋，乾坤一腐儒。營生妻笑拙，學古客言迂。坐久燈花落，吟成硯水枯。方書俱徧覽，無藥可醫愚。」末句又矚目又親切，正是粵諺「人蠢冇藥醫」的意思，詩雅而諺俗，都傳神，竟又同時與英諺「Ignorance can be cured and stupid is forever」意思暗合。如此看來，無論古今中外，「愚」都是棘手病症，不易療治。常見有心人引用「書猶藥也，善讀之可以醫愚」，說「藥方」出自劉向《說苑》，所據也不知是哪個版本。我翻的是「四部叢刊景明鈔本」，只找到意思相近似的「人皆知以食愈（癒）飢，莫知以學愈（癒）愚」，說是引用孟子的話。再查《孟子》原書，未見此語，後來互參宋代王應麟《漢藝文志考證》及明代陳士元《孟子雜記》，才知道是《孟子》的逸文。前賢既說讀書學習可以「醫愚」「癒愚」，愚人蠢人，不妨一試；而細讀《癡華鬘》或多翻各國歷史，下藥尤其對症。回想當年唸大專，蒙前輩關懷，問我畢業後有何打算。我說希望進研究院繼續唸書，但不知能否應付。前輩沉默了一會兒，輕聲說「也好」我登時放了寬心。前輩接着說：「別人聰明，本領多，做甚麼都可以；你繼續讀書，合適。」適合繼續讀書的原因到底是我「不夠聰明」還是「比聰明人還要聰明」？當時年輕臉皮薄，不好意思追問；前輩厚道閱歷深，沒當面說穿。

跋：顏色的感觸

心猿難控意馬無韁，感觸，尤其無法駕馭。

都説感觸是「一絲」或「一點」，量詞的形態又輕又細。可是感觸卻既「良多」又「甚深」，其數量以及程度倒又不容忽視。讀書人向來善感工愁，生活中一個畫面、一句話、一句曲又或者一個眼神；一剎那，感觸就來了。

霍韜晦先生在〈教育正位〉中説：「踏入廿一世紀，人類生存的壓力不但沒有隨着科技的進步而減輕，反而更加嚴重。……你不能安逸、不能停留、不能回顧、甚至不能嘆息，因為你沒有退路。」確是極深刻的體會。且不説安逸，就是連嘆息都不能，我們到底為繁忙的生活賠上了甚麼巨大代價？答案是：賠上了一聲嘆息、一點感觸。

生活中的一點感觸或一聲嘆息，能讓人認真地知道自己還存在、感情還存在。那點感觸與嘆息，不是極其微小的芥子，而卻是芥子中的須彌，莊嚴而巍峨。孔子感逝川：「逝者如斯夫，不捨晝夜。」墨子悲染絲：「染於蒼則蒼，染於黃則黃。所入者變，其色亦變。五入必，而已則為五色矣。故染不可不慎也。」楊朱泣路歧：「此夫過舉蹞步而覺跌千里者夫。」原來，我們都把生活看得太大，反而把感觸看得太小了。

我在大學任教的一門選修課有教導學生分辨平仄的環節，學期中段安排口試查考學生能否掌握「天籟調聲法」。在口試題目中我刻意用上一些入聲字較多的句子，看學生能否分辨得出。定題時只貪句子入聲字多，未暇留意句意。口試那天聽考生徐徐朗讀「落月滿屋樑，猶疑照顏色」，才忽然給詩意感染，一時間難過得很。雖說據朗讀的語調已幾乎可以肯定學生是誤把「顏色」

當成了紅黃藍白，只是感觸向來無憑無據，忽來又忽去，反正是言者無心但聽者有意——因着這一點點顏色的感觸，思緒已一下子隨着灑滿屋樑的月色飄回唐代去了。

香港藝術發展局
Hong Kong Arts Development Council 資助

香港藝術發展局全力支持藝術表達自由，本計劃內容並不反映本局意見。